**agorak**

**318**

**ROMAIN GARY**

1914, Litvanya doğumlu. On dört yaşında Fransa'ya geldi, hukuk öğrenimi gördü, 1940 yılında 'Fransa'ya Özgürlük' ekibine ve savaşa katıldı. Fransa'nın 2. Dünya Savaşı'ndaki kahramanlarından biriydi, Legion d'honneur nişanına layık görüldü. Yazarlığı yanında diplomatlık yaptı. İlk romanı *Polonya'da Bir Kuş Var* dışişleri bakanlığında çalışmaya başlamasıyla aynı zamanda yayınlandı. *Onca Yoksulluk Varken*'de olduğu gibi 'Émile Ajar' takma adıyla da kitaplar yazdı ve her iki kimliğiyle iki ayrı Goncourt Ödülü sahibi oldu. Eşi ünlü Fransız oyuncu Jean Seberg'in 1970'deki trajik ölümünün ardından 1980'de kendi eliyle hayatına son verdi. Kaleme aldığı çok sayıda romanlarından bazıları şunlardır: *Biletiniz Buraya Kadar, Cennetin Kökleri, Kadının Işığı, Koca Tembel, Kral Salomon'un Bunalımı, Polonya'da Bir Kuş Var, Şafakta Verilmiş Sözüm Vardı, Uçurtmalar, Yıldızyiyiciler* ve yeni basımı Agora Kitaplığı'ndan yapılan *Onca Yoksulluk Varken.*

**ROZA HAKMEN**

1956, İzmir doğumlu. 1974'te İzmir Amerikan Kız Koleji'ni, 1979'da ODTÜ Ekonomi Bölümü'nü bitirdi. 1982'den beri çeviri yapıyor. Başlıca çevirileri şunlardır: İngilizce'den *De Profundis* (Oscar Wilde), *Vampirle Görüşme* (Anne Rice), *Güvercinin Kanatları* (Henry James), *Kader, Avrupa* (Tim Parks), *Kartal Yuvası* (Anna Kavan), *Müze Bekçisi* (Howard Norman), *Avunamayanlar* (Kazuo Ishiguro); Fransızca'dan *Kayıp Zamanın İzinde: Swann'ların Tarafı, Çiçek Açmış Genç Kızların Gölgesinde, Guermantes Tarafı, Sodom ve Gomorra, Mahpus, Albertine Kayıp* ve *Yakalanan Zaman* (Marcel Proust), *Rüya ve Kader* (Marguerite Yourcenar), *Bir Buluşma* (Milan Kundera) ve İspanyolca'dan *Don Quijote* (Cervantes) ile *Ateş ve Mızrak – Yarınki Yüzün* (Javier Marías).

Émile Ajar

# YALAN-ROMAN

Türkçesi: Roza Hakmen

a

agorakitaplığı

**Çağdaş Dünya Edebiyatı 28**

**Yalan-Roman**
Émile Ajar

Kitabın özgün adı:
*Pseudo*

Fransızca'dan çeviren: Roza Hakmen
Görsel kavram: Mithat Çınar
Mizanpaj: Sibel Yurt



Üçüncü Basım: 2011 (Agora)
Birinci-ikinci basım: 1987-1999 (Can)

ISBN: 978-605-103-115-6

Baskı ve Cilt: Can Matbaacılık
Davutpaşa Cad. İpek İş Merkezi
Topkapı/İstanbul
Tel: (0212) 613 10 77

**AGORA KİTAPLIĞI**
Kuloğlu Mah. Turnacıbaşı Cad.
No: 54, Çukurcuma-Beyoğlu/İSTANBUL
Tel: (0212) 243 96 26 - (0212) 251 37 04 Fax: (0212) 243 96 28
www.agorakitapligi.com
e- posta : agora@agorakitapligi.com

*"Yanıklar, ısırıklar, yırtılmalar. Köpekler ısırmakta. Köpek sürüleri. Ardı arkası kesilmeyen, dalga dalga köpekler. Ateşli, azgın köpeklerin saldırıları; kimseye sözünü edemediğim, böyle bir anda kendimi tutup sözünü etmemem gereken köpekler, sanki orada değillermiş gibi, sanki rahatmışım gibi... sakin erişilmez."*

(Henri Michaux, *Gizlenenle Yüz Yüze*)

# YALAN-ROMAN

Başlangıç diye bir şey yok. Herkes gibi, sıram gelince ben de doğdum, o zamandan beri de bir aidiyettir gidiyor.

Kendimi toplamdan çıkarmak için her yolu denedim, ama bunu kimse başaramamış, hepimiz birer artıyız.

Oysa satrançta benim adımla 'Ajar savunması' diye bilinen, son derece yetkin bir savunma sistemi geliştirmiştim. Önce Cahors Hastanesi'nde yattım, sonra da birçok kez Doktor Christianssen'in Kopenhag'daki psikiyatri kliniğinde.

Beni uzmanlara gösterdiler, incelediler, testlerden geçirdiler, keşfettiler; savunma sistemim çöktü. 'Tedavi' edildim ve yeniden piyasaya sürüldüm.

Dosyamdan birkaç rapor çalmayı başardım, belki edebî açıdan işe yarar bir şeyler bulurum, kendimi toparlarım diye.

*"Rol yapma alışkanlığının yıllar boyunca böylesine kararlı ve sürekli biçimde benimsenerek bu aşırı noktaya vardırılması ve bir saplantıya dönüşmesi, ciddi kişilik sorunları olduğunu göstermektedir."*

Pekâlâ, buna bir diyeceğim yok; ama herkes zaten birbiriyle yarışırcasına rol yapıyor. Cezayirli bir tanıdığım var, kırk yıldır çöpçü rolü oynuyor; bir başkası, metroda bilet zımbalama görevlisi, o da günde üç bin kez aynı hareketi yapıyor; rol yapmazsanız asosyal, uyumsuz ya da sinir hastası damgası yersiniz. Hatta daha da ileri gidip size bütünüyle düzmece bir dünyada, oynayarak yaşadığımızı söyleyebilirim, ama o zaman da olgunlaşamadığımı düşünürsünüz.

*"Yetim oluşu nedeniyle çocukluğundan beri uzak bir akrabasına karşı beslediği nefret duygusu, belirgin bir Baba arayışına işaret etmektedir."*

Macoute dayı* namussuzun tekidir, ama bu ille de babam olduğu anlamına gelmez. Öyle olduğunu hiçbir zaman ileri sürmedim; yalnız zaman zaman, umutsuzluk anlarımda umut ettim. Onun asıl yazarım olduğunu ben değil, *La Vie Devant Soi*** adlı kitabımın yayınlanmasından sonra kim olduğumu araştıranlar ileri sürdü.

*"Ayakkabılarının bağını çözmeye çalışırken her seferinde açılmaz düğümler atıyor; ardından da öfke içinde bağları koparıyor ya da kesiyor. Çözmeye çalıştıkça daha da karışık hale getirdiği psikolojik düğümlerin bağcıklara aktarımı."*

---

*) Fransızca'sı, *Tonton Macoute:* Haiti eski başkanı François Duvalier'nin (Papa Doc) kurduğu polis örgütü üyelerinin takma adı.

**) Yazarın ikinci kitabı. Türkçe'ye *Onca Yoksulluk Varken* (Agora Kitaplığı, 2009) adıyla çevrilmiştir.

Bağcıklar konusunda yazılanlar doğru, gerisi palavra.

Ayrıca tenimle ilgili sorunlarım olduğu doğrudur, çünkü tenim benim değil; bana kalıtımla geçmiş. Tenim üzerime kalıtım yoluyla geçirilmiş, özenle, taammüden -sanık ayağa kalk-, özellikle geceleri, saat dörde doğru, söylendiğine göre kanımdaki şeker oranı en düşük olduğu sırada, içeride çığlık çığlığa bir korku kol gezerken.

Aidiyetimin 'klinik belirtileri'nin, onların deyimiyle 'semptomlarım'ın ne zaman başladığını bilmiyorum. Tam olarak hangi kıyım söz konusuydu, hatırlamıyorum; ama birdenbire bütün parmakların beni işaret ettiğini, olağanüstü bir görülebilme tehlikesiyle karşı karşıya bulunduğumu hissettim. İşte o, yakalayın! Dünya çapında biri olduğumu, sınırsız sorumluluk taşıdığımı keşfediyordum. Zaten psikiyatrlar da bu yüzden sorumsuz olduğuma karar verdiler. Dünya çapında bir işkenceci olduğunuzu hissettiğiniz anda, 'işkence kurbanı' teşhisini yapıştırıverirler size.

Kendimden kaçmak için her yolu denedim. Hatta Svahili dilini öğrenmeye bile kalktım; benden fersahlarca uzakta olsa gerekti. Çalıştım, çok uğraştım; ama boşuna, Svahili dilinde bile kendimi anlıyordum, aidiyet yakamı bırakmıyordu.

Bunun üzerine Macarca-Fince'yi denedim. Cahors'da Macarca-Fince bilen birine rastlamayacağımdan, böylece kendi kendimle burun buruna gelmeyeceğimden emindim. Ama kendimi güvende hissetmiyordum; Lot Bölgesi'nde bile Macarca-Fince bilen insanoğullarının bulunabileceği düşüncesi beni tedirgin ediyordu. Bu dili bilenler bir tek biz olacağımızdan, duygulanıp birbirimizin kollarına atılmamız ve açık yüreklilikle konuşmamız tehlikesi vardı. Karşılıklı suçüstüler açığa vurulacaktı, ondan sonra da gelsin posta arabası saldırısı. 'Posta arabası saldırısı' diyorum, çünkü konumuzla hiç ilgisi yok, bu da kaçırılmaması gereken bir fırsat. Konuyla ilgili olmayı kesinlikle istemiyorum.

Bu arada, beni anlamayacak ve benim de anlamayacağım birini aramaya devam ediyorum, korkunç bir kardeşlik ihtiyacı içindeyim.

İlk sanrılarımı gördüğümde on altı yaşındaydım. Birdenbire, uluyan gerçeklik dalgalarıyla çevrelenmiş, her yandan gerçekliğin saldırısına uğramış durumda görmüştüm kendimi. Çok gençtim, psikiyatriyle ilgili hiç bilgim yoktu; ekranımda Vietnam görüntülerini, Afrika'da ölen şiş karınlı çocukları, üstüme atlayan asker cesetlerini gördükçe gerçekten delirdiğimi ve sanrılar gördüğümü sanıyordum. Böylece yavaş yavaş, kendim bile farkında olmadan, çeşitli hastanelere sığınmama imkân tanıyan savunma sistemimi geliştirmeye başladım.

Öyle birden olmadı, uzun çalışmaların sonucuydu.

Kendimi ben yaratmadım; işin içinde ana-baba kalıtımı, alkolizm, beyin sklerozu ve biraz daha geride veremle şeker hastalığı vardı. Ama çok daha gerilere gitmek gerek, çünkü tarifsiz gerçek ancak ana kaynakta bulunabilir.

İlk uydurmaca eserim basılır basılmaz, aslında var olmadığımı ve büyük ihtimalle kurmaca olduğumu fark ettiler. Ortak bir eser olduğum bile düşünüldü.

Evet, ortak bir eser olduğum doğru, ama kasıt olup olmadığını şimdilik söyleyemem. İlk bakışta, sırf benden dandik bir edebî eser çıkarabilmek için taammüden frengi ya da benzeri bir kasıt olabileceğini düşünecek ölçüde bir yetenek görmüyorum kendimde.

Kazanç kazançtır diye düşünülürse, olmayacak şey de değil, ama bu konuda kesin bir görüş belirtemiyorum.

*"Yazılarında Ajar takma adını kullanıyor; İngilizce* açık bırakılmış, aralık *anlamına gelen* Ajar *adı, kuşkusuz bereketli bir edebî ilham kaynağı olarak, bile isteye geliştirdiği mazoşist bir kırılganlığın itirafı."*

Doğru değil. Alçak herifler. Ben kitaplarımı kliniklerde, bizzat doktorların tavsiyesi üzerine yazdım. Tedavi edici olduğunu söylüyorlar. Önce resim yapmamı tavsiye etmişlerdi, ama bir sonuç vermedi.

Kendim kurmaca olduğuma göre, belki de kurmacaya yeteneğim vardır diye düşündüm.

*"Sığındığı dokunulmazlık hayallerinde, zaman zaman ileriye giderek çakı, kâğıt ağırlığı, zincir, anahtarlık gibi çeşitli nesnelerin biçimlerine bürünüyor, bu yolla duyarsızlığa varmaya çalışıyor ve bir nesne olarak, tehdidini sürekli hissettiği toplumla kurallara uygun bir işbirliği tutumunu benimser görünmeyi amaçlıyor. Peşine düşecek kişilerden yakasını sıyırmak için Goncourt Ödülü'nü geri çevirdi."*

1975'te Goncourt Ödülü'nü paniğe kapıldığım için geri çevirdim. Savunma sistemimi delmişler, içine nüfuz etmişlerdi; beni bütün sığınaklarımdan çekip çıkaran reklamdan ve Cahors Hastanesi'nde peşimi bırakmayan araştırmalardan çılgına dönmüştüm. Beyin sklerozundan ölmüş olan, kitabımın kahramanlarından Madam Rosa'yı yaratırken yararlandığım annem adına korkuyordum. Benim gibi otuz dört yaşındayken on iki yaşında olan, gizlediğim çocuk adına korkuyordum; belki kırk yaşındaydı, belki yüz, belki de iki yüz bin yaşında, hatta daha bile fazla, çünkü suçsuz olduğunu ileri sürme hakkını elde edebilmek için suçun kökenini bulmak gerekir. İşte bu yüzden geri çevirdim ödülü, ama görünürlüğümü artırmaktan başka işe yaramadı. Reklam olsun diye yaptığım söylendi.

Daha sonra tedavi gördüm, şimdi daha iyiyim, eksik olmayın. Klinikte son kalışım sırasında üçüncü kitabımı da yazdım.

*"Birçok kez piton olduğunu düşleyerek insan kişiliğinden kaçmaya ve taşıdığı sorumluluk, zorunluluk ve suçluluklardan kurtulmaya çalışmıştır. Düşlediği piton halinden, uzun süreli bir mastürbasyon alışkanlığı sonucu kendini kullanarak* Gros-Câlin* *adlı bir roman çıkardı."*

Evet, doğru. Hatta bu sıfatla 29 Kasım 1975'te Irkçılık ve Yahudi Düşmanlığına Karşı Hareket'in ulusal kongresine çağrıldım; çünkü sürüngenler daima en çok nefret edilenler olmuşlar ve hedef gösterilmişlerdir. Kongreye gidemedim, çünkü o sırada Kopenhag'da yeniden kafese konmuştum. Burada ilgililere teşekkürlerimi sunmak isterim.

Dosyamdaki raporlardan birini, Yahudi olduğum belirtilerek Yahudi düşmanlığının açıkça ortaya konduğu raporu aşa-

---

*) Yazarın ilk kitabı. Türkçe'ye *Koca Tembel* adıyla çevrilmiştir.

ğılıyor ve aktarmıyorum. Bununla birlikte, aşağılık ve suçluluk duygularım Yahudi oluşuma, bu nedenle de İsa'yı çarmıha germiş oluşuma mı bağlı acaba diye düşündüm; Yahudi düşmanları bu yüzden beni suçlayıp durdular. Piton oluşumun nedeni, Yahudi kişiliğimden kaçma isteği olamaz mıydı?

Doktor Christianssen gereğinden çok otuzbir çektiğimi söyledi.

Mastürbasyona karşı değildi; çünkü biraz diyalektik, beyinsel canlılık ve zihinsel doyum zararlı değil, tersine yararlıydı, ama iki bin yıl boyunca otuzbir çekmek de biraz fazlaydı doğrusu. Bana artık siyahların, Arapların, Çinlilerin ve komünistlerin de olduğunu, otuzbir çekmek için Yahudilerin vazgeçilmez olmadığını hatırlattı.

Bunun üzerine, sayın doktora şunu sordum: Yahudiler iki bin yıldır tefeci ve boa yılanı olarak çoğaltıldıkları için piton olmaya zorlanmış olamaz mıydım? O da bunun pekâlâ mümkün olduğunu söyledi. Edebiyat uğruna her şeyi kullanabilirmişim ben, kendimi bile.

Ünlü bir yazar olan ve acıyla felaketten epeyce yüklü bir edebî sermaye çıkarabilmiş Macoute dayı geldi aklıma.

Yeniden yazmaya koyuldum.

Gördüğünüz gibi, artık yakamı kurtaramıyorum. Her yanım çevrildi, aidiyet kıskıvrak bağladı beni.

Klinikte bir meslektaşım var, Kolomb öncesi dönemde Mısır'da kullanılan bir lehçenin hiyerogliflerini çözmeyi başarmış ve olmayan, kimselerin bilmediği, sorumluluk getirmeyen bu dilde düşünmeye, konuşmaya koyulmuş, hatta iyice umutlandırıcı olsun diye bazı hiyeroglifleri çözmeden öylece bırakmış. Bunlar bilinmedikleri sürece, gerçeğin bir açıklamasını, bir cevabı gizliyor olabilirler. Meslektaşım mutlu bir insan, el değmemiş bir şeyi bildiğine inanıyor.

Bu belgede tarih sırasına, düzene ve kurallara bağlı kalmıyorum; çünkü yeterince polis romanı okudum, düzeni izlemenin aynasızları bana ulaştırabileceğini biliyorum; Kopenhag'da Doktor Christianssen'in kliniğine bunun için sığınmadım herhalde.

Danca bilmiyorum, ama yeterince değil. Kurumun izniyle şöyle bir dolaşmak üzere dışarı çıktığımda, Danimarkalılar suçlayıcı tavırlarla bana Arjantin'den, Şili'den ve Kuzey İrlanda'dan söz ediyorlar. Yolda karşılaştığım kişiler, hakkımda öğrendikleri korkunç şeyleri Danca fısıldıyorlar.

Tek kelimesini bile bilmediğim bir dilde söylediklerini nasıl anlayabildiğimi soracaksınız.

Dalga mı geçiyorsunuz!

Ben doğuştan dilbilimciyim. Sessizliği bile duyar ve anlarım. Son derece ürkütücüdür ve anlaşılması en kolay dildir. Unutulmuş, kimsenin ilgisini çekmeyen, kimsenin duymadığı yaşayan diller, en anlamlı haykırışlardır.

Soluk almak da ciddi bir sorun.

İlk içeri tıkılışım, sabahtan akşama, günde bin kez soluğumu tuttuğumu çevremdekilerin fark etmesi sonucu olmuştu. Önce ağzımı burnumu dağıttılar, çünkü hakaretti bu, insanlığa karşı işlenmiş bir suçtu, Pascal, İsa ve Soljenitsin'e karşı saygısızlıktı. Önem sırasına göre dizelim: Soljenitsin, İsa ve Pascal'a karşı. İnsanlığın suratına tükürmek gibiydi, yani edebiyata yapılabilecek en ağır hakaretti. O sıralarda komünisttim, ama sonra onları tehlikeye atmamak için kaydımı sildim; çünkü ben bozguncuyum. Kaldırımda ayakta duruyordum, çevremde insanlar vardı, onlarla aynı havayı solumamaya çalıştığımı gördüler. Kamu düzenine hakaret ettiğim için aynasızları çağırdılar. Aynasızlar arabada hâlâ soluk almadığımı, hatta burnumu tıkadığımı görünce, solunum mekanizması temsilcilerine görev başında hakaret gerekçesiyle bir temiz marizlediler beni.

Polis komiserinin karşısında soluğumu tutmaya, burnumu tıkamaya ve sağlık egzersizlerimi yapmaya devam edince komiser küplere bindi; bana burasının Arjantin ya da Lübnan değil, Cahors olduğunu söyledi. Burası bok, kan, irin, ceset kokmuyordu. İnsan türüne yakışır biçimde soluk alabilirdim.

"Bana numara yapmaya kalkma!"

Ama yalnız Cahors'da değildik ki. Her yerdeydik. O geri zekâlı komiser, Pinochet'yle İdi Amin'in sizden, benden başkası olmadığını aklından bile geçirmiyordu.

"Bana numara yapmaya kalkma!" İlk yumurtacık, ilk gelen sperma hücresine böyle demiş, ama yumurtacık korunmasızmış, spermanın dediği olmuş.

Daha sonra Cahors'da yeni düşmanlar edindim, çünkü Arap öykücülerin yaptığını yapmaya kalktım: Pazar kurulduğu günlerde Clemenceau Sokağı'nda durup hayatımı anlatıyordum. Bir kez daha marizlediler beni. Karakolda Komiser Paternel* beni sertçe uyardı.

"Ama sayın komiserim, ne yaptım ki ben? Hayatımı anlatıyordum, o kadar."

"Senin hayatın iğrenç, Pavlowitch. Bu gibi rezillikleri anlattığında insanlar tiksiniyorlar."

"Hayatımın herkesinkinden farkı yok ki, komiserim."

Komiser Paternel kıpkırmızı kesildi.

"Senin ağzını burnunu dağıtırım, it herif!"

"Gerçekten dediğim gibi, başkalarının hayatı gibi bir hayat benimki de."

"Anladık da, şu müstehcenlik modası sıktı artık. Dikkatli olsana. Hiç değilse deli gibi davran. O zaman seni rahat bırakırız."

Ben de bir 'mış gibi' oyunu çıkarıp oynamaya başladım, beni fark etmez oldular.

Arasıra Café de la Gare'da arkadaşlarla toplanırdık. Biri muslukçu, biri muhasebeci, biri de memurdu. Aslında ne muslukçu, ne muhasebeci, ne de memurdular elbette. Büsbütün farklıydılar. Ama kimse farkında değil; rol yaparlar, günde sekiz saat 'mış gibi' oyunu oynarlar, böylece kimse dokunmaz onlara. İçlerine kapanıp orada gizli bir hayat sürer, ancak geceleri, rüyalarında ve kâbuslarında ortaya çıkarlar.

---

*) Babacan.

Sonra olağanüstü bir haber duydum: Amerikalı bilimciler, kalıtımın temel birimi olan geni, yapay olarak üretmeyi başarmışlar. *Yapay olarak.* Öyle umutlandım ki, çırılçıplak sokağa koşup, "Yaşasın!" diye avaz avaz bağırmaya başladım. Beni ânında karakola götürdüler, Komiser Paternel'e artık başlangıç olacağını, sonunda kendimizi doğuracağımızı, artık orospu çocuğu değil, kendi eserimizin evladı olacağımızı, başlangıç geni, aynasızları ve nükleer ideolojisi olmayan bir insan türü olabileceğimizi açıkladığımda hepsi birden üstüme çullanıp suratımı dağıttılar. Ama bu benim umudumu kırmadı; sokaklarda koşarak bildiriler dağıtıp artık baba kalıtımının sona erdiğini haykırmamı engellemedi. Beni hastaneye tıktılar.

Gerçekliğinden emin olmak için 25 Mayıs 1972 tarihli *Cahors Gazetesi*'ne bakabilirsiniz.

Şunun bilinmesi benim açımdan büyük önem taşıyor: Beni kimse sorumlu tutamaz.

Küçüklüğümde ağabeyimden utanırdım, çünkü kendini durdurmuştu, hep genç kalacaktı. Kaçardım ondan. Bakışları anlamazlıkla doluydu, bunu ona kimin yaptığını, niçin yaptığını sorar gibi. O zamanlar, anlamamanın her tür bilgi ve dehanın ötesinde olduğunu, her zaman son sözü söylediğini henüz bilmiyordum. Ağabeyimin bakışı, gerçeğe Einstein'dan çok daha yakındır.

Kalıtım unsuru dezoksiribonükleik aside karşıyım! Bunu burada açıkça ilan ediyorum. Kamu hukukunu çiğnemiş bir canidir o.

Daha sonra gece vakti telefonlar gelmeye başladı. Önce Pliyuç telefon etti. Pliyuç o sıralarda dâhi bir matematikçiydi; SSCB'deki başka insan dehası temsilcileri, uygun bir kimyasal tedaviyle delirtmek üzere onu psikiyatri kliniğine tıkmışlardı. Kitap baskıya verildiği günlerde, Pliyuç'un adı Bukovski oldu; zaten sık sık adını değiştirir.

Sovyet psikiyatrları SSCB'nin zorlu düşmanlarıdır, SSCB'ye iftira edip dururlar. Günün birinde hepsi CIA hesabına çalıştıkları için mahkemeye verilecekler.

"İyi misiniz Gégène?"*

Boş vakitlerimde adım Gégène'dir.

"İyiyim. Siz kimsiniz?"

"Pliyuç."

Olamaz, diye düşündüm. İnsan kişiliğim bana oyun oynamaya başlıyor.

"Ben Pliyuç diye birini tanımıyorum."

Bunun üzerine, asla unutamayacağım bir sesle doğrudan şöyle dedi:

"Elbette tanımıyorsunuz, Gégène. *Normalsiniz siz.* Beni tanımayan ve bu işle hiçbir ilişiği olmayan milyonlarca kişi var. İyi uykular."

Ve kapadı telefonu.

Bana inanmayacaksınız ama, on dakika sonra telefon eden Pinochet'ydi. O sıralarda Pinochet'nin çok sözü edilirdi, çünkü henüz ona alışılmamıştı.

"N'aber ahbap? Bir surat, iki göz, bir ağız ve iki el yerinde mi?"

"Beni rahat bırakın. Sizinle hiçbir ortak özelliğim yok benim."

Bütün gece sürdü bu. Tan ağarıncaya kadar telefon başından ayrılamadım. Hindistan'dan, Bangladeş'ten, Kamboçya'dan, Afrika'dan telefonlar gelip durdu. Özellikle de ölülerdi telefon edenler. Ölüler telefonda konuşurken çeneleri açılır, susmak bilmezler.

---

*) Gégène: Elektrik vererek işkence yapma yöntemi.

Telefona bir telesekreter bağlattım. Çağdaş, uygar ve özel olarak bu amaçla yapılmış bir aygıt; telefona cevap veriyor, benim var olmadığımı, Pavlowitch diye birinin olmadığını, benim bir aldatmaca, bir balon olduğumu söylüyordu. Kuşkusuz bazı dışsal varoluş belirtileri gösteriyordum, ama hepsi edebiyattı.

Yürümedi.

Telesekreterle donanmış bilinçler var, pekâlâ da yürütüyorlar işlerini. Ama ben kendi kendimi bir düzene sokmayı hiç beceremedim.

İşte böylece bir kez daha savunma sistemime başvurdum ve bütün bunlardan, özellikle de sanrılardan kurtulmayı başardım. Bir şey bilmesi, telefona cevap vermesi gerekmeyen bir piton oldum yeniden. Gece yarısı bir pitona ne Pliyuç telefon edebilir, ne de Pinochet.

Kapının ardından konuşmaya çalıştılar benimle. Aynasızlar. Avazım çıktığı kadar bağırdım:

"Beni rahat bırakın. Yine ne yaptım, bilmiyorum; gazete okumuyorum, ama ben yapmadım. Benim yapacağım iş değil. Ben iğrenç bir sürüngenim. İnsanca hiçbir yanım yok. Ben sorumlu değilim."

Kapımı zorlayıp kırdılar; ama ben tedbirli davranıp canlı fareler ve sıçanlar satın almıştım. Piton olduğumu ve Pinochet'yle hiçbir ortak yanım bulunmadığını kanıtlamak için fareleri, sıçanları yutmaya koyuldum.

Aykırıların yanına tıktılar yine beni.

Rahatım yerindeydi. Artık telefon falan gelmiyordu. Piton olarak, iletişimsizlik hakkına sahiptim.

Savunma sistemimin gereğince işlemeye başlaması da burada oldu.

Bir akrabam var, ona Macoute dayı diyorum, çünkü savaşta pilotmuş, çok yükseklerden sivil halkı katlediyormuş. Zaman zaman Kopenhag'a Doktor Christianssen'in kliniğine detoksa gider. İçki içmez, uyuşturucu kullanmaz, ben de katlettiği sivil halklardan arınmak için tedaviye gittiğini düşünüyordum. Kendi kendinden arınmak istediğini sanıyordum.

Doğru değilmiş. Macoute dayı çok puro içtiği için Doktor Christianssen'in Kopenhag'daki kliniğine detoksa gidiyormuş.

Bu konuda hiçbir yorum yapmayacağım. Kesinlikle yapmayacağım.

Ondan saatlerce söz edebilirim size, o kadar tuhaftır. Kendini babam sanıyor, benim de ona karşı evlat hıncı beslediğimi düşünüyor; insanı gülmekten öldürür. Size şunu söyleyebilirim: Macoute dayıyla benim hiçbir ortak yanımız yoktur, annemin kuzenidir kendisi, kalıtım söz konusu değil. Zaten onun durumu da pek iç açıcı sayılmaz; şeker hastalığı ve kanser, bir kuşak öncesinde verem, gerisi de fırında yakılmış, gidip de bütün bunlara bulaşacak değilim herhalde. Gerçi bir keresinde Cahors Hastanesi'nde insülin verdiler bana. Ama bu bir şeyi kanıtlamaz, avukatım dedi ki ona karşı babalık araştırmasına girişirsem kanıt olarak insülin hiçbir işe yaramazmış.

Pinochet'ye ve ötekilere kara çalmak yerine aramayı sürdürmek gerek. Gerçek suçluyu bulabilmek için genetik araştırmalara başlanmalı. Buna hayatın kaynağı deniyor. Hayata saygım vardır, çünkü polislerden oldum olası korkarım.

Beni Doktor Christianssen'in kliniğine işte bu Macoute dayım gönderdi, bütün masrafları üstlendi. Benden kurtulmak için günde üç yüz Danimarka Kronu ödüyordu.

Maocute dayının gözlerinin içine baktığımda -altı çift gözü vardır, ama ancak bir çiftini yakalayabiliyorum, o da ara sıra- neler olup bittiğini çok iyi görüyorum. Beni yoksulluğa terk ettiğini, benim de onu cezalandırmak için Baba arayışı içine girdiğimi sanıyor.

Bu yüzden de bedeli ne olursa olsun, Danimarka diyor.

Bu noktada kuşkularımı size de aktarmak zorundayım. Bizi birleştiren sevgiye rağmen niçin aramıza nefretin yerleştiğini size açıklamalıyım.

Macoute dayı, aralarındaki kan bağına rağmen annemi çok sevmiş olduğunu benden hiçbir zaman gizlemedi. Beni öfkeden delirtmek için seviştiklerinden ve benim de bunun cezasını çektiğimden aşağı yukarı eminim. Bu her şeyi açıklıyor. Macoute dayıya niçin biraz benzediğimi de açıklıyor; bu benzeyiş fiziksel değil elbette, o konuda Macoute dayı önlemlerini almış, ruhsal bir benzerlik bizimki. Eğer böylesine yoğun bir Yazar ihtiyacı beni yiyip bitiriyorsa, demek ki hayatım boyunca beni yoksunluk içinde bırakmış bir adamın oğluyum. Şunu unutmamak gerekir ki, Macoute dayı gençliğinde savaşta ölmüş, ama daha sonra işini ayarlamış.

İşte bu yüzden, sık sık böyle babanın böyle oğlu olur diye düşünüp öfkeden kendimi kaybediyordum. Mecaz anlamında kuşkusuz, gerçek anlamında mümkün değil bunu becermek. Biyolojik pisliğimizden canlı çıkmıyoruz ki.

Bu konuda bir kez Macoute dayıya bir laf dokundurdum, öfkeden soluğu kesildi.

"Zırdelisin sen. Anneni kız kardeşim gibi severdim."

"Bu tam ensest olmuş, iğrençten de öte."

"Sen benim oğlum değilsin! Alçakça bir iftira bu!"

Pek nazik sayılmazdı, beni aşağılıyordu. Oğlu olduğumu söylediğimde bunu hakaret kabul ediyorsa, demek ki hiç de övünülecek biri değildim.

"Annen bir melekti!"

Evet ama, dayımı iyi tanırım ben. Tam bir sefa pezevengidir. Bir melekle yatmak en büyük hayaliydi, eminim. Başında halesi, üstünde kanatlarıyla hop yatağa. Gerçekten de hiç utanma yok bu herifte, ondan başka kimse böyle bir şeyi düşleyemezdi.

Edinilmiş özellikler kalıtımla geçiyor mu, bilmiyorum, ama geçiyorsa yüklü bir servete kondum demektir.

Kopenhag'a varır varmaz durumumda bir iyileşme görüldü; çünkü sis vardı, görüş mesafesi kısalmıştı.

Yine de, havaalanında Danimarkalı gümrükçüye sarılmak istediğimde neredeyse kavga çıkıyordu. Belirgin bir mutluluk içindeydim, çünkü aleyhimde, özellikle Uluslararası Af Örgütü tarafından toplanan dünya çapındaki kanıtlara rağmen, doktorlar eylemlerimden sorumlu tutulamayacağıma, dolayısıyla işlediğim suçlar konusunda masum olduğuma karar vermişlerdi. Kendime karşı ne kurnazlıklara, içsel yalanlamalara, numaralara ve 'mış gibi' oyunlarına başvurmak zorunda kaldığımı, ancak 1975 Kasımında, edebiyat ödüllerinin açıklanışı sırasında gerçek kimliğimi açığa çıkaran ve benim kurmaca, uydurma, ortak eser ve balon olduğumu dünyaya duyuran gazeteciler anlayabilir.

Danimarka'da yabancı bir dil konuşulduğundan ne Danimarkalılar beni anlıyordu, ne ben onları; iyi ilişkiler içine gireceğimizi hissediyordum. Benden çok farklı görünüyorlardı, demek ki anlaşacaktık. Gümrükçü bavulumu açmadı bile; oysa bavulum haberlerin ve kitle iletişiminin etkisi altındaki patlayıcılarla tıklım tıklım doluydu, çünkü o sırada Kuzey İrlanda'da kadınlarla çocuklar bombalanıyordu. Tıka basa patlayıcı doluyum, her an patlayabilirim, kendi kendime adımı vermeden kaç kez telefon ettim, olayı haber vermek için, zamanında olay yerini boşaltabilmem için. Bunalım tepemde.

Danimarkalı gümrükçünün bana güvenip bavulumu açtırmadığını görünce öyle duygulandım ki, gözlerim yaşardı. Ona sarılmak istedim, gümrükçülerden, aramalardan, taramalardan ödüm patlar benim; bu yüzden rahatlamıştım, gümrükçüye minnet duyuyordum.

Macoute dayı detoksu yarıda kesip havaalanına, beni karşılamaya gelmişti. Bu imalı davranış son derece küçültücü geldi bana. Benim zararlı bir kişiliğim olduğunu ve varlığımın otomatik olarak bir detoksu yarıda keseceğini ima etmek: Öyle ağır bir hakaret ki bu, tanımlayacak kelime bulamıyorum. İnsansevmezlikten nefret ederim. Beni yeryüzünde hayatı yok eden, insanları aşırı miktarda morötesi ışından koruyan ozon tabakasını bile tehdit eden bir tür kirletici madde gibi görmek, insansevmezliğin dik âlâsı değilse, ben de ne dediğimi bilmiyorum.

Bununla birlikte, ertesi gün gazetede yazılanların tersine, Kopenhag havaalanında kavga çıkardığım doğru değil. Evet, toksik kişiliğimin detoksu yarıda kesmesi bana bir aşağılama gibi geldi. Ama uçaktan inişimde çıkan kavgaya, benim dışımdaki koşullar sebep oldu. Size daha önce söylemiştim -belki de söylememiştim, nasılsa aynı kapıya çıkar- bana bütünüyle yabancı olan bir dil yaratmak amacıyla dilbilim eğitimi gördüm ben. Böylece bunalım kaynaklarından, tuzak kelimelerden, iç ve dış saldırılardan, üstelik destekleyici kanıtlardan uzak, güvenlik içinde düşünebilecektim.

Sıkı gözetim yüzünden beceremedim. Beyin çok iyi bilir ki, geçmişte benzeri olmayan, ilgisiz bir dil yaratmayı başarabilseydik, delilikten eser kalmazdı. İşte bu nedenle bunalım kaynakları, bizi yoksunluk, imkânsızlık ve karikatür konumunda tutmak üzere özel olarak tasarlanmış beynimizle donatmıştır bizleri.

Böylece özgün bir dil yaratmaktan vazgeçip kendimi umutlandırmak için doğumöncesi bazı kekelemelerle birleştirdiğim Macarca-Fince'yi öğrenmekle yetindim. Havaalanında kendimi Danca'yla çevrelenmiş gördüğümde hemen Air-France masasının üzerine zıplayıp aramızda kardeşçe anlamazlık ve iletişimsizlik ilişkileri kurmak amacıyla orada bulunanlara Macarca-Fince dilinde seslendim.

Halkların ve insanların birbirlerini anlamadıkları için dalaştıklarını ileri sürmek hatadır. Halklar ve insanlar birbirlerini anladıkları için dalaşırlar.

Olay da böyle çıktı.

Anlaşıldım.

Neler olduğunu size açıklamaya gücüm yetmez. Danimarkalılara çektiğim söylevin Macarca-Fince olduğu konusunda sizi temin edebilirim, ruhumla ve vicdanımla. Danimarkalılar'ın Macarca-Fince bilmediğini herkes bilir. Buna rağmen derhal anlaşıldım; dediğim gibi, anlayış olduğu anda anlayışsızlık, öfke, şiddet, hakaret ve kavga da olur. Aynasızlar çıkageldiler; beni bağıra çağıra Macarca-Fince konuştuğum Air-France masasının tepesinden indirmeye çalıştılar, kendimi savundum. Macoute dayı araya girdi, ambulans çağırdılar; itiraf etmeliyim ki artık anlaşılmama umudum kalmadığı ve dolayısıyla benzerlerime, kardeşlerime beslediğim kardeşçe duyguları anlatamayacağım için çok öfkelendim ve sağa sola birkaç yumruk savurdum, çünkü şiddetten korktuğum kadar hiçbir şeyden korkmam. Hastabakıcıları görür görmez de yardım geleceğini anladım. Bu durumda normal olduğunuzu kanıtlamanın tek yolu biriyle dalaşmaktır.

Macoute dayı ambulansta yanı başımda oturmuş, dudaklarında her şeyi bilen birinin gülümsemesiyle beni izliyordu.

"Biliyor musun Alex, beceremeyeceksin."

Adım Alex değil, ama bana adımla seslenilmesine dayanamam. Bütün dikkati insanın üzerine çeker.

"Neyi beceremeyeceğim?"

"Yazmamayı. Yazar olacaksın, hem de gerçek bir yazar. Profesyonel olacaksın. Benim gibi."

"Kıçımın kenarı," dedim, aklımdan Raymond Queneau'nun *Zazie Metroda*'sı geçiyordu, çünkü uzun süredir kendime bir paravan arıyordum.

Macoute dayı puroyu zehrinden arıtmak için puroyu ağzından çekti, "Ben de bir ara 'mış gibi'lere pek meraklıydım," dedi. "Hatta Fransa Büyükelçisi olmama ramak kalmıştı, ama tam zamanında kendimi toparladım, her şeyin bir sınırı var. Biraz çatlak olmana bir diyeceğim yok. Zaten insan istese de istemese de en içten, en gerçek yanı çatlak yanıdır. Genler yalan söylemez. Biraz kendini dağıtmış olabilirsin, bu senin insanca yanındır. Aptallık etme, Alex. Benim yaptığımı yap. En büyüklerin yaptığını yap. Dostoyevski, Balzac, Soljenitsin gibi yap. Bok ye. Şaheserler böyle çıkar ortaya."

"Şaheserler olacağına Pinochet olmasın daha iyi, dayı. Soljenitsin olacağına bok ve kan olmasın. Raskolnikov olacağına Dostoyevski olmasın. *Savaş ve Barış*'ın maliyet fiyatı fazla yüksek."

"Pinochet'den, CIA'den, toplumdan ve şürekasından, acıdan nefret etmekten sakın," dedi dayım. "Koru kendini. Kolaylıkla romana dönüşebilir, o zaman da yalnızca insan olmakla kalmaz, çok daha iğrenç olursun."

"Gözümün önünde sen oldukça bir satır bile yazmam," dedim.

Macoute dayı biraz rahatlamış göründü. Rekabetten pek hoşlanmaz.

Yine de biraz üzgün duruyordu. Sanırım üzüntüsünün nedeni annemi, yani kuzinini çok sevmiş olması ve bundan bir roman çıkaramamış olmasıydı.

"Benden niçin böyle nefret ettiğini anlamıyorum," dedi. "Aslına bakarsan, senin için hiçbir şey yapmadım. Bana minnet borçlu değilsin. Öyleyse bu hınç niye?"

Bir an duraksadım.

"İnsan ne kadar uğraşırsa uğraşsın, birini sevmeden soluk alamıyor," dedim. "Bu yüzden ha sen olmuşsun, ha bir başkası, ne fark eder?"

Danimarka'da ambulansların sesi bizimkiler kadar yürek parçalayıcı değil. Belki Danimarka'da daha az acı çekildiği için o kadar bağırmaya gerek yoktur da, ondandır.

Klinikte bana çok güzel bir oda verdiler; Macoute dayı üç aylığı peşin ödedi, her ay beni düşünmek zorunda kalmamak için.

Bu satırları okuduğunda benim aşağılık herifin teki olduğumu düşünecek, biliyorum. Düşüncesi bile çıldırtıyor beni, ama insanın bu düşünceye tutunması gerek. Başkalarını daha dayanılır kılıyor.

Doktor Christianssen tarafından çok kibarca karşılandım. Doktor, tıraş olacak vakti de, tıraşbıçağı da olmayan sarı kâşif sakallı, sarışın bir dev.

Danimarkalılar'ı Vikingler yüzünden çok severim. Aslında Vikingler onların ataları sayılmaz, ortak bir yanları olmadığından onlarla övünebilirler.

Vikingler'den sözettik; psikiyatrlar için konunun iyisi kötüsü yoktur.

"Biliyor musunuz," dedi bana, "denizleri aşan, Amerika'yı keşfeden Vikingler alegorik bir mittir. Gerçek Vikingler bunalım denizlerini geçen ve yeni ülkeler keşfedenlerdir. Siz bir Viking'siniz, Rodolphe."

Beni artık tanıdığı için Rodolphe diye sesleniyordu.

"Keşfedilecek bir gerçek kaldı mı ki?"

"Verilebilecek tek cevaplar, sorulardır, Maurice. Gerçek Vikingler, sorulardır. Cevaplar, Vikingler'in yolda kendi kendilerini yüreklendirmek için söyledikleri şarkılardır."

Bana kâğıt kalem getirtti. İlâç vermedi. Tedavi önermedi. Yalnız kâğıt kalem.

Akşam dayım odama beni görmeye geldi. Vicdanı benim yüzümden rahat etmemiş. Kendini niçin suçladığını anlamıyorum, beni dünyaya getirenin kendisi olmadığını söylüyor. İyi bir baba olmasına da gerek yok öyleyse.

"Yirmi yaşındayken tıp eğitimi görmen için üstelemeliymişim. Ama senin yedi yıl devamlılık gösterebileceğini sanmıyordum. Yazık oldu."

"Önemli değil. Doktor olmak isterdim derken, hastaları iyileştirmek için demiyorum. Anlaşılır olmak için. Araştırma. Biyoloji, genetik, bu tür şeyler. Nereden geldiğini öğrenmek için."

"Neyin?"

"Beynin. Besbelli, beyin doğanın bir hatası... Ya da aşağılık, haince bir kasıt. Beynin yaratılması hainliğe en iyi örnektir."

"Goethe..."

"Evet, biliyorum, müzeler, ilaçlar. Kısacası mükemmel bir planla işlenmiş bir suç, hiçbir açık vermeden. Babam frengili miydi?"

"Hayır."

"Alkolik miydi?"

"Bilmiyorum. Biraz."

"Adem'e bir kan tahlili yapmalılardı."

"Bana bak Fernand, yeter artık bu kalıtım korkusu. O bakımdan için rahat olabilir. Atavik ya da sosyolojik mesele -aynı kapıya çıkar- senin bileceğin iş. Ama klinik bana günde yirmi bin kâğıda patlıyor, yani Pinochet, Pliyuç ve şürekası pahalıya oturuyor. Eğer kendini güvende hissediyorsan burada bir süre kal, ama başka bir şey dene. Kendini başka türlü savun. Bir ara çok güzel şiirler yazmıştın."

O şiirlerin sözünü bile işitmek istemiyorum. Onları bir beyden geri almaya çalışmıştım on yıl önce, o da bir başka beye vermiş. Yakmak istiyordum. Ama şiirlerin kaybolduğunu ve merak edilecek bir şey olmadığını söylediler.

Şiirlerim düzmeceydi, çünkü Yazar olmayınca gerçeklik olmaz. Gün gibi ortada bence. Var olmayışın abc'si.

Klinikteki ilk gece garip bir huzur içindeydim. Çevremde sanki ceninin sonunu andıran bir şeyler vardı. Kendimi rahatlamış hissetmem için hiçbir neden yoktu, bu neden yokluğu da kendi içinde güven vericiydi zaten. Belki de içimi kemiren şiirdi, telaffuz edilmeyen, sessiz bir şarkı, tuzak kelimelerden uzak. Ama bir daha asla şiir yazmayacağım. Yalnız benimkiler değil, bütün şiirler kayıp şiirlerdir.

Doktor Christianssen herhalde haberim olmadan ilaç vermişti bana, gerçeklik serumu, yani pentotal, ne bileyim ben; ama bazen kepenkleri özenle indirilmiş gecemde 'sizi seviyorum' diye mırıldanıyordum; mırıltı belki de dünyadaki en güçlü şey.

Çevremde öyle bir sessizlik vardı ki, başka bir yerlerde, birinin nihayet başka bir şey söylediğini duyar gibi oluyordum. Gerçekmiş gibi hatırlıyorum. Zaman zaman sessizliğin içinde kimsenin söylemediği, bizden olmadığı için bozulamayacak bir ilk sözü açıkça algıladığım bile oluyordu. Öylesine yeni doğmuş ve zayıftı ki, umut bile veriyordu.

Ama belki de insan kişiliğimin bana oynadığı bir oyundan başka bir şey değildi.

Her şeye rağmen, bir kez daha yazmaya koyuldum, çünkü yazmazsam ilaç tedavisi görecektim. Beni normalleştirmek için bilmem ne iğneleri.

Günde birkaç saat yazıyor, ancak kendimi görmemek için içime dönüyordum. Yazmak için hep dışarı çıkılır, yemeğini de yanına alarak.

Korku içinde yazıyordum; kelimelerin kulağı vardır çünkü. Kulakları hep kiriştedir ve arkalarında da kollayan adamları vardır. Çevrelerler insanı, kuşatırlar, lütuflara boğarlar ve tam onlara güvenmeye başladığınız anda küt! Üstünüze çullanırlar, bir de bakarsınız, Macoute dayı gibi onların hizmetindesinizdir artık. Karşılarında el pençe divan durur, dalkavuk kesilir, uşaklık edersiniz. Güzeller güzeli kelimeler gördüm, herkesin sırtından geçinir, utanma nedir bilmeden öyle ücretler alırlardı ki, artık konuşmaya cesaretim olmadığından Sakel kürüne, 50 cg.'lik asetilkolin bromür ve folikülin iğnelerine katlanmak zorunda kaldım.

İnsanlığın başına gelen her felaketin üzerinde Maocute dayının parmak izlerini buluyorlar. Bundan yararlanıp parlak edebî başarılar kazandı.

Durumumun ne kadar zor olduğunu bilmeniz imkânsız. Dediklerine göre, edebiyatı reddederek hiçbir şey yazmayabilir, hiçbir şey yayımlamayabilirmişim, ama bunda da bir şiirsellik, gizli şiirin bir itirafı bulunurmuş. Bu davranışım, belirgin biçimde edebî tutum ve pozlar olan romantizm, yalancı duyarlılık ve özlemler içerirmiş. İlke olarak, özsaygı gereği, vicdanı izin vermediği için yazmamak, en kitabî, en ağlamaklı lirik anlatım biçimi ve inanç eylemiymiş.

İkinci kitabım çıktığında, Émile Ajar'ın var olmadığını en yetkili kalemlerden okumak beni müthiş rahatlatmıştı. Bu yazıları kesip beni çevreleyen duvarlara astım; kuşkuya düşünce, dışsal görünümler edinince, soluk almaya başlayınca, soğuk soğuk terleyip bunalıma girince ve zaman zaman beni bile aldatan yaşama belirtilerine rastlayınca, bu kardeşçe kanıtların karşısına koltuğumu çekip oturur, içine İngiliz serinkanlılığı doldurduğum küçük pipomu yakar, binlerce yıldır duvarlarımızda asılı olması gereken bu varolmayış belgelerini defalarca okurum.

Ben Cahors'daki klinikteyken ilk kitabım ihanet ve kurnazca oyunlar sonucu yayımlandığında karşı çıktım. Bu kazığı bana Maocute dayının attığından emindim. Kitabın satılacağını, kendi klinik masraflarımı kendim ödeyeceğimi umuyordu; ayrıca kendisi gibi kelimelerin hizmetinde ve kelimelerden ücret alan -kelimeler para getirir- bir işbirlikçi olmamı hep isterdi.

Kendimi savundum. Yalnızca kendimle ilgili sorunlarımı azaltmak ve ilaç tedavisinden kurtulmak için yazdığımı avaz avaz haykırdım. Ama sonunda kitabın yayımlanmasının daha tedbirli bir davranış olduğunu düşündüm; çılgınca bir ülkücülükle, 'mesihçe, ütopyacı' eğilimlere sahip olmakla suçlanmamak için. Zaten önceden önlem almış, ilk sözleşmemi beni bulamasınlar diye bir başkasına imzalatmıştım. Görünmez ve her yerde bir anda bulunabilen polisler vardır ki, en küçük bir varoluş belirtisi gösterdiğinizde üstünüze çullanır, sizi doğduğunuza pişman ederler. Bütün bunlar sayesinde kurnazca kendimi kullanarak geri geri gidip doğru yolda, yani yazar olma yolunda ilerleyebiliyordum. Ne pahasına olursa olsun yazar olmak istemiyordum, çünkü en büyük isteğim, özlemim yazarlıktı. Suçluluk duygumu mastürbasyona aktarabilmek için ölesiye otuzbir çekmem gerekti; mastürbasyonun eşsiz bir suçluluk kaynağı olduğu resmen kabul edildiğinden, kusursuz bir suçsuzluk kanıtıdır.

Durumumun korkunçluğu, bilinçliliğe tutulmamdan ileri geliyor. Bilinçliliğin özellikle büyük bunalımcılarda sık sık rastlanan bir belirti olduğunu size psikiyatrların en salağı bile söyleyebilir.

Ama inanın, onlara akla karayı seçtiriyorum. Benimle görüşen psikiyatrların çoğu müthiş paranoyak ve megaloman olduklarına inanarak yanımdan ayrıldılar, çünkü insanlığın durumuyla, bokla kan arasında kararsız kalan, dört ayaklı ve bu ada layık insanın durumuyla böbürlenmeye cesaret ediyorlardı. Onlara büyüklük çılgınlığını kazıklıyorum, gösterdiğim olağanüstü bakım sayesinde insan kişiliği taşıdıklarına inanıp gidiyorlar.

Bağırıp çağırdığım için özür dilerim, ama şu anda polisler tarafından kuşatılmış durumdayım; olduğum yöne doğru hızla yükselen itfaiyeci merdivenleriyle, ajanlarla, bunalım sirenlerinin ulumalarıyla ve teleskopik tüfeklerle çevriliyim. Caniac'a özel olarak bu amaçla gönderilmiş gazeteciler tarafından suçüstü yakalanma tehlikesiyle karşı karşıyayım. Goncourt Ödülü'nü kazanmışım, çok özgün olduğum için. Her şeyden önce Goncourt diye bir ödülün olduğunu bile bilmiyordum. Bu birincisi. Sonra, Goncourt Ödülü verilmeden önceki gün, adaylıktan kesinlikle çekilmiştim. Bu ikincisi. Son olarak da, aşağıda kanıtlayacağım gibi, Macoute dayının ihanetine uğradım. Bu da üçüncüsü.

Dolanıp duran televizyon kameraları ve hazırlanan ifşaatlar var. Yarın gazeteler hayattaki en kutsal varlığımı, Cahors Hastanesi'nde beyin sklerozundan ağır ağır, feci şekilde ölen annemi kullanarak bir kitap ve ödül kazandığımı yazacaklar.

Kafam yerinde değil. Fazla görünür olduğum için paramparça oldum, dağıldım, ama kalemi tutan sağ elimi buldum ve görüldüğü gibi yazmaya devam ediyorum, çünkü yazdıkça sorumsuz ruhsal unsurların işgaline uğramaktan geçici olarak kurtuluyorum. Kafamı bulmaya çalışmadım bile, nasılsa bana ait değildi. Beni gizlemeyi iyi beceriyor, ama benim kafam değil. Kendime bir yetişkin suratı uydurdum.

Şunu eklemeliyim ki, Macoute dayı burada, Lot'ta ya da kendi bildiğim bir yerde yazdığım bu itirafı kitap haline getireceğimden ve bir bakıma bağırsaklarımı yayınlayacağımdan emin olduğunu açıkladı; bunu asla yapmayacağım.

Hatta çalışmalarım için evini kullanmamı önerdi.

Kopenhag'a gitmeden çok önce, antipsikiyatrik psikiyatri okulunun varlığını öğrenmiştim, bana bazı tekliflerde bulunmuşlardı. Bu okulun görüşlerini benimsemiş psikiyatrlara göre, ailelerin farklı olduğu farklı bir toplum kurulabilseymiş, 'sizinki gibi' -onların söylediklerini harfiyen aktarıyorum- vakalar, aynı insan türünden milyonlarca kişininki gibi vakalar olmazmış. Antipsikiyatrları çok iyi anlıyorum; bizimkine benzer vakalardan sıkılmışlar artık, vaka değiştirmek istiyorlar. Yeniliğe gerek duyuyorlar. Vaka değiştirmek için toplumu değiştirmek istiyorlar. Burada çılgınca bir kahkaha patlatıyorum -Kah! Kih! Koh!- çünkü kelimelerin nefret ettiği bir şey varsa, o da kelime oyunlarıdır; neye uğradıklarını şaşırırlar. Kelimeleri ciddiyetlerinden, boşluklarından ve 'mış gibi'lerden yoksun kıldınız mı, sağlıklı, yani kıpkırmızı, dolgun yanaklara sahip olma tehlikesiyle karşı karşıya kalırlar. Kelimeler sağlıktan tiksinirler; sağlıklı olmak onları hasta eder.

Bugünün kaçıkları artık işlerine gelmiyorsa, farklı kaçıklar olsun diye toplumu değiştirmek gerekiyorsa, biz eski kaçıkların canına minnet. Ama o zaman Dünya Psikiyatri Toplantıları yapmak gerekir belki, böylece ne tür deliler istendiği kararlaştırılır, ardından da istenen delilik biçimine, toplumun işlerliği için gerekli kaçık sayısına, çılgınların kullanılacakları üretim çalışmalarına, özel olarak bu amaçla kurulmuş kurumlarda onlara ayrılmış işlere uygun bir toplum yaratılır; aranan delilik türünü destekleyecek, istenen deli sayısını artıracak kültürel, ideolojik, askerî ve ekonomik etkinlikler belirlenir. Buna yaşam kalitesi adı da verilebilir.

Burada, mevcut topluma, deli olarak başkaları yerine beni tercih ettiği için teşekkür ederim. Minnet duygularım neredeyse ağlatacak beni.

Şimdi şu 'balon' meselesine bir son verelim: Evet, birçok gazete ve radyo istasyonunun da tahmin ettiği gibi ben bir balonum.

Bizim balon olduğumuz, her tür rekabete meydan okuyan çığlıklarımızdan, hiç gelmeyen bir geleceği haber veren boşluğumuzdan ve gözyaşı, soğuk ter ve kan izlerimizden anlaşılır.

Sayıları milyonları bulan *gerçek* balonlara gelince, onları herhangi bir izden yoksun oluşlarıyla tanırız. Genellikle ne okuma ne de yazma bilirler ve balon oldukları kendilerinden ustaca gizlenir.

Bangladeş'teki balon sayısı doksan milyondur. Şili'de, Arjantin'de ve hemen her yerde, balon durumuna indirgenmiş olduklarını ileri sürenler işkence görür ve öldürülürler.

Afrika'da açlıktan karınları şişmiş çocukları gören hiç kimse bu balonun yazarını aramaz, çünkü bu balonlar nasılsa kendiliğinden söner, üstelik de küçük yaşta.

Gerçek başlangıç üç yıl önce oldu, öbür tarafa geçmek için sonuna kadar savaşmaya kararlı olduğumu anladıklarında. Bana baskı yaptılar.

"Yayımlayın. Tedavinin bir parçası bu. Takma bir ad kullanın. Korkmanıza da gerek yok. Kimse bunu yapabileceğinizi düşünmüyor. Eğer iyi bir şey çıkarsa, eserinizin sanat ve teknik içerdiğini, yeni bir yazarın bunu beceremeyeceğini söyleyeceklerdir. Gerçek bir profesyonelin işi olduğunu ileri sürecekler, sizi rahat bırakacaklardır. Sizin aslında ünlü bir yazarın gizli yardımcısı olduğunuzu düşüneceklerdir. Orospu gibi bir şey yani."

Çöktüm. 'Orospu' sözcüğünü duyduğum anda mutlaka çökerim. Bu benim gerçeklik ihtiyacımdır.

"Peki ya yazdıklarımın hiç değeri olmazsa?"

"Değeri olmazsa bir insanlık belgesi olduğunu söylerler. İnsanlık belgeleri, konuları gereği, her zaman değersiz olurlar. Belgelerin değeri olsa, konularının da değeri olurdu, oysa biliyorsunuz, yalnız Güney Afrika değil söz konusu olan. Her yer söz konusu. Güney Afrika'ya haksızlık etmemek gerek. Bir insanlık belgesi bu. Kesinlikle hiçbir değer taşımayan bir belge çıkarabilirseniz ortaya, gerçekten özgün bir insanlık belgesi yazmış olursunuz."

Ben kuşkucuyumdur.

"1926'da Martinik'te güzellik kraliçesi seçilen bir teyzem vardı benim."

"Dinleyin Pavlowitch, canımızı sıkmayın artık. Psikiyatr olan bizleriz. Bu kadar alçaklık yeter. Yazın. Az da olsa çok da, boşalırsınız. Ayrıca iftiralardan bıktık. Beethoven ve Mozart'ı hiçe sayamazsınız."

"Evet ama, eğer Çinliler karşı çıkar da Beethoven ve Mozart'ı korumak gerekirse, iki yüz milyon ölü çıkarır başımıza bu ikisi."

"Ayrıntıları tartışma konusu yapmayın. Hayatınızı klinikten kliniğe taşınarak geçiremezsiniz; sosyal sigortanın da, dayınızın da canına tak dedi artık. Yazın, kimse size kızmayacaktır, nasılsa her gün doğuşunda polis-imdatı aramaya başladığınızdan beri deli olduğunuz biliniyor."

"Bu neyi kanıtlar ki? Dünyada her gün doğuşunda yardım isteyen milyonlarca insan var."

"Hadi canım. Onlar deliler. Buna karşılık milyonlarca insan, tam tersine susup oturuyor, çünkü onlar mantıklı ve imdat istemenin bir işe yaramayacağını biliyorlar. Hatta misilleme olacağı için tehlikeli olduğunu biliyorlar."

Sesimi kestim. Evet, böyle küçük bir sorunum olduğu doğru. Her gün doğuşunda pencereyi açıp imdat çığlığı atarım. Telefona sarılır, Kızılhaç'ı, Katolik Yardım Örgütü'nü, Fransa Hahambaşı'nı, Birleşmiş Milletler'i, Hepimizin Anası Ulla'yı ararım; ama hepsi de pekâlâ farkındadır; yeni bir günün doğduğunu gözleriyle görmekte ve hatta bu nedenle kahvaltı etmektedirler. Her sabah bu gündelik hikâyeye toslar, çuvallarım.

O zaman, benim hiçbir ilişkim olmadığını kanıtlamak için, piton, beyaz fare, sıradan bir köpek olurum, herhangi bir şey oluveririm. Bu yüzden de içeri tıkarlar beni ve normale döndürmek için tedaviye başlarlar. Direnirim, başka yere zıplarım, tüyerim. Kül tablası, mektup açacağı, cansız bir varlık olurum. Suçlu olmayan herhangi bir şey. Siz buna delilik mi diyorsunuz? Ben demiyorum. Ben buna yasal savunma derim.

Bana yardım etmeye çalıştılar; doğruya doğru. Çöp kutumu karıştırıp bir açıklama aradılar. Beni inceleyenlerden biri, sonunda, dört yaşımdayken yanlışlıkla bir kedi yavrusunu öldürdüğümü ve o gün bu gündür suçluluk, pişmanlık ve kendime karşı nefretle dolu olduğumu keşfetti. Kendimi aklamak için Auschwitz'e, Pinochet'ye, Gulag'a, ne bulursam ona aktarım yapıyordum. İşin özü soykırımlar ve toplama kampları değil, kedi yavrusuydu.

Bunun bana hiç de yararı olmadı, ötekiler yetmiyormuş gibi, bir de kedi yavrusu çıktı başıma.

"Eğer yazdıklarım yayımlanırsa, çıkaracak mısınız beni buradan?"

"İstediğiniz an çıkarsınız. Haftada bir gün kontrole gelirsiniz."

Kabul ettiğimi belirtmek için yalnızca başımla işaret ettim; kuşkucuyum ya. Söylediklerimi çoğu kez kaydederlerdi, sonra incelemek için; ama işaretleri kaydetmezlerdi.

Ne de olsa Alyette'e danışmadan yükümlülük altına giremezdim.

Alyette edebiyat eğitimi görüp diplomasını almış, sonra da Prisunic mağazasında satıcı olmuştu; daha sonra benim tavsiyeme uyup İspanya kraliçesi oldu ve böylece sosyal sigortaya bağlandı. Ona üç ay boyunca İspanya tarihi dersi verdim, hazırladım onu: Psikiyatri hastaneleri çok kalabalık olduğundan başvuranlar arasında seçim yapıyorlar. Ben o sıralar muslukçu, duvarcı, afiş yapıştırıcısıydım; çünkü çalışmak 'mış gibi' yapmanın en iyi yoludur; algılanmanızı çok güçleştirir. Doyum da sağlarsınız. Bütün bunlar geçici elbette, çünkü eminim, beyin için de bir 1789 olacaktır.

Benim deneyimlerim ve desteğim sayesinde Alyette önce İspanya kraliçesi, sonra da prenses oldu; İspanya'da kraliçelerin amansız bir Büyük Tören'e, Teşrifat'a ve Protokol'e tabi tutulduklarını öğrenmiştik. Bu kadar karmaşık bir şeye bile bile girmek enayilik olurdu.

Klinik masraflarımız sosyal sigortanın canına tak deyince ya da Macoute dayı kızınca, Annie montajcı olarak çalışırdı, ne de olsa sinemanın bir parçasıydı o da. Ben hepsi birbirinden silik yirmi ayrı mesleğe girdim çıktım, beğendiriyordum kendimi. Küçük bir kızımız oldu, ama onu pek ortalıkta göstermiyorduk; son derece normal bir çocuk olduğu için benim 'mış gibi'lerime ve prensesime gölge düşürebilirdi. Macoute dayıyla bir anlaşmaya varmıştık; her yıl üç hafta klinikte kalacak, bu süreyi de bir gün olsun aşmayacaktım. Bu Danimarka'dan, büyük gerçeklik buhranımdan önceydi. Kısacası, çalışma yapmak, çevreme bakınmak, öğrenmek ve hazırlanmak için yılda yalnızca üç haftam vardı.

İlk belgesel eserim *Koca Tembel* için bir piton satın almıştım, dikkatle gözlüyordum onu, ama piton olacak o edepsiz olmayacak köşelere saklanıyor, gözden kayboluyordu; çünkü edebî bir eser dünyaya getirmek istemiyordu.

Yılda üç haftalık klinik ziyareti konusunda vardığımız anlaşmaya rağmen, şu benim piton sayesinde fazladan on gün kopardım. O sırada meteliğe kurşun atıyordum, piyasadaki hayal gücü darlığı yüzünden Annie montajını yapacak bir film bulamıyordu; benim de muslukçu ya da çöpçüye dönüşmek hiç içimden gelmiyordu. Bin yıldır çalışmanın kutsal sayılması canıma yetmişti; ne zaman ekmeğimi alnımın teriyle kazansam, kazandığım ekmek öyle tiksindiriyordu ki beni, midemde hiçbir şey durmuyor, ne yesem kusuyordum.

Sonunda Annie ve ben kendimizi Caniac'ın ortasında, öyle bir sefaletin içinde bulduk ki, gerçeğin bizimle dalga geçip kasıklarını tuta tuta güldüğü ve son söz hep benimdir der gibi parmağını bize doğru salladığı izlenimine kapılmıştım.

Annie'yle birbirimizin gözünün içine baktık. Yemek yememiz gerekiyordu, doğa yasasıydı bu; ama beş paramız yoktu.

"Ne yapacağız?"

"Sen annenlere gidersin."

"Sen ne yapacaksın?"

Alnıma bir şaplak attım. Nereden gelmişti bu fikir, bilmiyorum. Sanırım annemin babasının dehası kendini gösteriyordu; oysa hayatında hiç kodese girmemişti, öyle güçlüydü.

"Piton yahu!" diye haykırdım.

Ertesi gün, Cahors sokaklarında, boynunda tasmasıyla pitonumu sakin sakin gezdiriyordum. Koca Tembel kimseye bulaşmadan kıvrıla kıvrıla ilerliyor, yaya geçitlerini kullanıyor, kırmızı ışıkta geçmiyor, kısacası her kurala uyuyordu. Ama yanımızdan geçen bir aynasız ne yapsa beğenirsiniz? Bilerek pitonuma bastı. Kasıtlı yaptı it herif. Pitonumu görür görmez, marjinallere, uyumsuzlara olan nefretinden hemen ayağının altına aldı. Ben isyan ettim.

"Lanet olsun! Bilerek yaptınız!"

Çok şaşırmış gibi yaptı.

"Neyi bilerek yaptım?"

"Pitonumun üstüne bastınız."

Artık iyice hiçbir şey anlamıyormuş havalarına girdi. Bu herifler öyle numaracıdır ki, aklınız durur.

"Hangi piton?"

"Ne demek hangi piton? Şu işte."

Parmağımla Koca Tembel'i gösterdim.

"Pitonumu tasmasından tutmuş sakin sakin dolaştırıyorum, siz gelip bizden biri olmadığı için üstüne basıyorsunuz."

Aynasız ayaklarımın dibine bakıyordu. Kıpkırmızı kesilmişti.

"Burada piton falan yok," dedi uyanık herif, yapmacık bir güvenle.

Koca Tembel aynasızın bastığı yerdeki şişi yalar gibi yapıyordu.

"Bu ne peki? Piton değil mi bu?"

Aynasızın da ağzı bozukmuş, "Hastir ordan!" dedi. "Cahors'da piton ne gezer. Afrika mı burası?"

"Öyle ya, 'Afrikalılar dışarı!' değil mi? Pitonumu görür görmez ırkçılığınız yüzünden üstüne bastınız."

"Yüce Tanrım," demekle yetindi aynasız; patronlarına saygılıdırlar, doğruya doğru.

Alçak herif bunun üzerine ne yaptı dersiniz? Cebinden bir düdük çıkardı, ama düdük de pitonumu görmedi. Yalancı tanıklık yaparak, yüksek sesle ve tane tane konuştu:

"Burada piton yok."

Düdükler konuşmaz, bu o kadar kaba bir polis kışkırtmasıydı ki, bir an bile duraksamadım. Şiddet yanlısı değilimdir, ama düdüklerin Cahors'da pitonların varlığını inkâr etmeye kalkması öyle aptalca bir davranış ki -üstelik de karşısındakinin deli olduğunu ima ederek- insan ister istemez öfkeleniyor.

Namussuz herif yediği yumruğun üzerine ne yapsa beğenirsiniz? Cebinden bir aynasız daha çıkardı, ikinci aynasız da kendi cebinden bir üçüncüyü çıkardı; bir de baktım çevremde zırdeli aynasızlar kaynıyor, ceplerini açıp içinden başka aynasızlar çıkarıyorlar, ortalıkta pitonların varlığını inkâr eden pitonlar kaynıyor; çoğaldıkça çoğalıyorlar, yayılıyorlar, çevremi kuşatıyorlar, üstüme geliyorlar, büyüyorlar, artıyorlar. Kendimi dünya çapında hissettim, öyle bir korktum ki, haykırmaya, Pinochet'yi yardıma çağırmaya koyuldum, ama yüce Tanrı diye bir şey yok. Kendimi karakolda buldum, orada şansım açıldı. Komiser Paternel genetik geçmişimden tanıyordu beni ve hükümdarlığın en eski hanedanına bağlı olduğumu biliyordu.

"Bana bak Pehlevi, senin şu başkaldırma hikâyesi sıktı artık. Solcu kışkırtmalarına burada yer yok. Cahors sakin bir kenttir. Gidip Paris'teki delilerin arasında yap yapacağını Pehlevi."

"Adım Pehlevi değil, Pavlowitch," dedim, son derece onurlu bir tavırla. "Rıza Pehlevi, İran Şahı'nın adıdır. Benim adım değil."

Komiserin yüzü pembeleşti.

R'lerin üstüne basa basa, "Kimin İran Şahı olduğunu, kimin olmadığını çok iyi biliyorum," dedi. "Bu konuya bulaşmasan iyi edersin, Pehlevi, yabancı bir ülke başkanına hakaret sana pahalıya mal olur."

"Adım Pavlowitch," diye bağırırken sesim pek zayıf çıktı, çünkü ben de oradan oraya gitmekten, öldürülmekten, işkence görmekten, kurşuna dizilmekten öyle bir hale geldim ki, artık kendimden pek emin olamıyorum. "İmada bulunmayın! Adım Pehlevi değil, Pavlowitch! Pehlevi İran Şahı'nın adı, ben de İran Şahı değilim!"

"Ben sana İran Şahı'sın mı dedim yahu!" diye bağırdı. "Yüz verdik deliye, çemrendi sıçtı halıya!"

"Ben İran Şahı değilim, hakaretleriniz de İran halılarınız da vızgelir bana! İran Şahı değilim ben, eminim bundan, son derece eminim! Pehlevi odur! Ben İran Şahı değilim, hiçbir şey yapmadım, suçum yok benim! İRAN ŞAHI DEĞİLİM BEN!"

Bana klinikte on gün kalma hakkı tanıdılar; yatak, yıkanma, yemek ve otuzbir masrafları Sosyal Sigorta'ya ait olmak üzere; çünkü konuşan düdükler, üreyen aynasızlar, bir de piton olunca, İran Şahı olmadığım kesindi.

Hélène -insan kimliğinin belirlenmesini istemiyorsa sürekli adını değiştirmelidir- Cahors sokaklarında Prenses giysileri içinde, gözlerini boşluğa dikmiş, elinde bir viyolayla dolaşarak kliniğe, yanıma gelmeyi becerdi. Amcasının belediye meclisinde tanıdığı solcu bir üye yardı, adamcağız bir ortaçağ prensesinin Cahors sokaklarında elinde bir viyola, gözlerini geleceğin gözüne dikmiş dolaştığını görünce, değişimi haber veren önemli bir politikacı olduğunu hemen anlayıvermiş. Hiç belli olmaz diyerek bir çiçek yaptırıp kimselere haber vermeden Agnès'i kliniğe yatırmış.

Size Alyette'in çok güzel olduğunu söylemeyi unuttum; ama hayal gücüme söz geçiremediğimin ve başkalarının yalnızca fiziksel bazı şekiller gördüğü yerde benim bir güzellik bulduğumun da farkındayım. Bunu gizlemeye uğraşıyorum, çünkü çirkinliğin dayatmaları karşısında anlaşılır bir bunalıma düşüyorum.

Şatonun bahçesinde ikimizin çok sevdiği bir bank var, orada görevliler bizi rahat bırakıyorlar. Deli damgası yediğiniz andan itibaren herkes size iyi niyetle yaklaşır, çünkü delilik politik değildir.

Bir tek sıkıntımız vardı: Piton kliniğe kadar ardımdan gelmişti. Geceleri sevecenlikle bana dolanıyordu, soluğum tıkanıyor, havasız kalıyordum. Pitondan kurtulmak için oturup onu yazmam gerekti. *Koca Tembel,* ilk kendi kendimi tedavi çabam oldu. Buna self-servis deniyor, yani kendi kendinize servis yapabiliyorsunuz. Pitonum daha ilk sayfalarda silinmeye başladı, kitabı bitirdiğimde bütünüyle yok olmuştu.

Artık kendimi savunmak ve boşaltmak için bir başka konuya ihtiyacım vardı. Oysa herkesin de bildiği gibi, piyasada konu kıtlığı var. Konu yok değil, Tanrı'ya şükür, ama çoğu daha önce işlenmiş. Bir de bulaşıcı oldukları için kesinlikle istemediğim konular vardı. Şili'nin sözünü bile etmiyorum, ondan bir romanla nasıl kurtulunur? Güney Amerika'da çok iyi yazarlar var, onlar bu konuyla ilgileniyorlar. Altı milyon Yahudi'nin yok edilmesi vardı, ama bu önceden ele alınmıştı. Sovyet kampları, Gulag takımadası vardı, ama kolaycılıktan kaçınmak gerekiyordu. Bangladeş Savaşı vardı, hem de bu savaşta ırzına geçilen iki yüz bin kadından dolayı kitabın meşru bir cinselliği de olurdu, ama konu güncelliğini kaybetmişti, savaş çok çabuk olup bitmişti çünkü. Amerikalı siyahların durumu vardı, ama Amerikalı siyah yazarlar konuları çalınınca küplere biniyorlardı. Afrika'daki açlık, yozlaşma, katliam, namussuzluk ve delilik de vardı, ama bunlardan söz etmek de ırkçılık olurdu. Hemen her yerde insan hakları konusu vardı; bu da insanları güldürürdü. Nükleer silahlar konusu vardı, ama SSCB, ABD ve Fransa'nın birleştikleri tek nokta bu olduğundan, kardeşliğe karşı bir kitap yazamazdım, insanlara umut gerek ne de olsa. Pek sözü edilmeyen çingene soykırımı vardı, ama bu konudaki belgeler gaz odalarında kaybolmuştu. Birleşmiş Milletler vardı, ama o da çok iğrençti artık. Özgürlük vardı, ama bu konuda René Clair daha önce komik bir film yapmıştı. Her yanda bunalım, kan ve dehşet deryaları vardı, ama binlerce yazar tepesindeydi zaten. Kuşkusuz sessizlik de vardı, ama suçlulukların en büyüğüydü.

Özgün bir konu gerekiyordu bana.

*Onca Yoksulluk Varken,* ilk kez o zaman geçti aklımdan. Annem burada, Cahors'da, bu hastanede ölmüştü, bilincinin gidip gidip geldiği, üç yıl süren ağır bir beyin sklerozundan.

*Bulunmaz bir konuydu bu. Bana ait bir konuydu. Özgün bir konuydu.*

Depresyona girdim, boyun eğmeyi de reddettim. Ama gerçek bir yazar olunca boyun eğmeyi reddetmek bir işe yaramıyor. Macoute dayı gerçek bir yazardır ve annesinden yararlanabileceği kadar yararlanmıştır.

"Nasıl kurtulmalı bundan? Düşünmeyerek mi? Unutarak mı?"

"Bir kitap yaz."

"Alyette, Alyette, sus... Biliyorum."

Alyette, tıpkı tozpembe aşk romanlarındaki gibi gülümsedi bana ve hiçbir edebî utanma duygusu taşımadan elimi sıktı.

"Yapamam bunu. Ayrıca, kalıtımsal olduğumu anlarlar."

"Zor olduğunu biliyorum. Edebiyat diplomamı aldığımda ben de yazmak istemiştim. Cesaret edemedim ama. Gerçeklerden söz etmek istiyordum. Ama sen de biliyorsun, gerçeklerden söz etmeye hakkımız yok artık. Gerçekler tabu oldu. Aşk, çocuk, anne, yürek... Yani yayın organımız; bütün bunlardan söz etmek kıroluk sayılıyor. Sulugözlülük, sefalet avcılığı, yalancı duyarlılık, duygusallık, bayağılık deniyor, edebiyat değil kısacası. Ayrıca *yeni* değil. Bunlar sabit şeyler, geçici olmayan şeyler, sabit olan her şey de gericidir, çünkü değişmez. Özgün değildir, bakir topraklara el atmaz."

"Bok yemek de öncülük değil ki."

"Sonra fark ettim ki artık gerçekleri düşleyemiyoruz bile. Onları bulmak, onlara ulaşabilmek için olağanüstü kültür engellerini aşmak, uzun uzadıya arkeolojik kazılara girişmek gerekiyor, ondan sonra da gerici diyorlar insana; çünkü sabit olan değişmez, yani gericidir. Gerçekleri bulacak hayal gücüm yoktu, Jeannot Lapin.* Gerçekler, kendi yıkıntılarından oluşan bir düzmecelik yığınının altına yalanlar tarafından gömüldü. İşte bu yüzden, durma, yaz. Ne kadar içten olursan o kadar balon sanıp alkışlayacaklardır seni. Gerçeği söyledikçe gizlemiş olacaksın, Jeannot Lapin. Durma. Yaz. Yayımla. Açığa çıkma tehlikesi yok. Annenle ağabeyin rahat uyuyabilirler."

"Korkuyorum."

"Seni bulurlarsa, ortaya çıkarırlarsa, yine hastaneye gelebilirsin. Ben seni beklerim. 'Psikopat olduğunu fark etmediniz mi?' diyeceklerdir."

"Korkuyorum."

"Korku gerçeklerden biri, o kadar."

"Acımasız olurlar. Aşağılayıp alay ederler. Benden nefret ederler, kusarlar. Sana katliamdan, işkenceden, kamplardan söz etmiyorum, Alyette. Bunu anlarlar, bilirler, her günkü hikâyedir onlar için. Ama her şeyi bilmiyorsun, sana söylememiştim... Dört yaşındayken bir kedi yavrusunu öldürmüştüm. Pinochet'ye ya da Beyrut'ta memeleri kesilen kadınlara benzemez bu, onları anlarlar. Kedi yavrusu diyorum sana. Asla bağışlamazlar bunu."

"Tamam, ama *her şeyi* söylemek zorunda değilsin."

"Peki, ya *normal* olduğumu anlarlarsa?"

Dünya var olduğundan beri ilk kez gözlerinde bir öfke şimşeği çaktı.

---

*) Tavşanlara *(lapin)* takılan ad. Jean'ın küçülmelisi.

"Saçmalama. Normal olsaydın, burada, yanında olmazdım. Normal olsaydın, suratına tükürürdüm."

"Bir daha ne zaman sevişebileceğiz?"

"Kolay değil, Jeannot Lapin. Bizim gibi ciddi ruh hastalarının cinselliği yoktur. Kuşkuya yol açar. Ama sana söz veriyorum, durumumun hızla düzelmesi için bir şeyler yapacağım... Dışarıda buluşuruz."

Ciddi bir ifadeyle baktı bana.

"Ben yokken birinin tekboynuzlarımı beslemesi gerek. Sayıları yüzü buldu."

"Onlara tekboynuzlarından söz etmesen daha iyi olur."

"Yok canım, bir şey olmaz. Küçükken evimizdeki Bayeux işlemesinde bir tekboynuz olduğunu doktora anlattım. O tekboynuz izledi beni dedim. Doktor çok hoşnut kaldı. Bunu gerileme olarak yorumladı; yani çocukluktan çıkmayı reddetme."

Çok kesin konuştum: "Alyette, onlara tekboynuzlarından söz etmesen daha iyi olur."

"Peki ama neden?"

"Canımı sıkıyor. Mitolojik bir hayvan o. İnsan gibi. Düşüncesine bile katlanamıyorum. Çıldırtıyor beni."

"Dikkat et, Jérémie geliyor..."

Jérémie cana yakın bir hastabakıcıydı, Montpellierli eski bir ragbi oyuncusuydu, doksan kiloluk bir kas yığınıydı, ama çok yumuşak bir adamdı ve kendini biraz daha güçlü hissetmek için çevresinde zayıf insanlara ihtiyacı vardı.

"Alabalık numarasını yapalım mı?"

"Tamam."

Alabalık numarası deliler arasında çok yaygındır, her zaman hedefe ulaşır ve bekçiler bundan nefret ederler.

"Merhaba, Jérémie."

"İyi günler, arkadaşlar. Yemeğe gelsenize."

Alyette'in elinden tuttum. Birkaç adım atmıştı ki, Alyette durup elini kaldırdı, bir ağacın tepesini gösterdi bana.

"A, bak, alabalık."

"Nerede?"

"Orada, ağacın tepesinde."

Jérémie çok üzülüyormuş gibi bir havaya girdi.

"Alyette, alabalık ağacın tepesine nasıl çıksın canım?" dedim.

Alyette omuz silkti.

"Aman, delidir..."

"Tamam, tamam, kesin artık," dedi Jérémie. "Kötü haberlerim var. Geriye dönmenize izin vereceklermiş."

Kanım çekildi.

"Nasıl geriye yani?"

"Yok, eskiye değil canım. Geriye, buradan gitmenize yani. Yer olarak."

"Geriye mi? Geriye ne demek? Neresi geri?"

"İşte onu kimse bilmiyor, ama hiç değilse herkes için aynı anlamı taşıyor."

Alyette kız kardeşine gitti, ben de Paris'e, Macoute dayıya. Dayım bana altıncı katta bir hizmetçi odası verdi, asansör yok. Daha önce de söylemiştim, Macoute dayı savaşta öldürülmüştü, sonra da işlerini yoluna sokmuştu. Ama haksızlık etmemek gerek: Kentler, öldürülüp de sonra yaşamak için işlerini ayarlayan insanlarla dolu.

Belki kinci olduğumu düşünüyorsunuzdur, ama öyle sevdim ki, hatta öyle seviyorum ki, kendimi savunmak zorundayım. Deli gibi seviyorum.

Bir iki kez daha türümden ve türümün doğa yasalarından kaçmak için pitonizme tutuldum; daha önce, evinde bir piton barındırmanın belasından kurtulmak için Macoute dayının beni nasıl Kopenhag'a, Doktor Christianssen'in kliniğine gönderdiğini bütün açıklığıyla anlatmıştım.

İyiydim. Annemi bitirmiş, daktiloya çekmiş ve yayıncıya teslim etmiştim. Doktor Christianssen'le böyle bir babası olduğu için şanslı sayılabilecek, güzel sarı sakalı sık sık gelip benimle konuşuyorlardı. Doktor hümanistlerin Fransızca'sını akıcı biçimde konuşur, demek istediğim, kelimelerin yakasına yapışmaktan çekinmez.

"Biliyorum dostum, biliyorum. Genlerin olduğu yerde haz olmaz. Ama sizin durumunuzda anne baba yok. Ondan da daha ailesel bir şey. Sizin genleriniz başkalarınınkinden daha iğrenç değil ki. Rahatlayın."

Ertesi gün yayıncım varlığımın kanıtlarını sunmamı istemeseydi belki rahatlayabilirdim. Varoluşum kapıya dayanmak üzereydi.

Edebiyat editörüm Michel Cournot'yla iki ay önce Cenevre'de tanışmıştım, hiçbir zaman gitmediğimi söyledikleri Brezilya'dan dönüşümde. Öyleyse söylesinler bakalım, bütün bu süre boyunca neredeydim ben? Cenevre'ye Macoute dayının parasıyla psikiyatrik nedenlerle değil, yeni bir tedavi biçimi bulmuş olan Doktor Lennes'in enstitüsüne kilo vermek için gitmiştim. Böyle bir ağırlığı üstümde taşımaya artık devam edemezdim, kalbim için tehlikeliydi. Milyonlarca fazla kilo, sayısını tam olarak bilmiyorum, ne yerbilimciyim ben, ne de coğrafyacı. Dünyanın kesin ağırlığı bilinmiyor, insanlara göre değişiyor. Doktor Lennes sayesinde birkaç kilo verdim.

Edebiyat editörü bana çok kibar davrandı. Yalnız bir keresinde, "Bu Hölderlin'in dev bir şair olmasını engellemedi," demişti. 'Bu' derken neyi kastettiğini bilmiyorum. Bütün bildiğim, Hölderlin'in otuz yıla yakın bir süre deli olduğu ve edebiyatın bedeli olarak bunun çok pahalıya oturduğu. Hiçbir şiirin değeri bu kadar yüksek olamaz.

Hölderlin ölene kadar delilikten kurtulamadı, çünkü kilo vermeyi başaramamıştı.

Ama Kopenhag'daki görüşme benim için çok daha tehlikeliydi, çünkü Madam Gallimard aynı zamanda *Le Monde* gazetesinden bir gazetecinin, Madam Yvonne Baby'nin de geleceğini bildiriyordu. O da varlığımdan emin olmak için geliyordu. İyi haber alan bütün gazeteler benim ben olmadığımı söylemeyi sürdürüyorlardı.

Hayır diyemezdim. Gerçekten var olmadığınızı kanıtlamanın en iyi yolu, açık alın, burun ve ağızla, bir de kelimelerle filan kendinizi göstermektir. Hiçliğin bundan iyi kanıtı yoktur.

Böylece yayıncımı ve Madam Yvonne Baby'yi Kopenhag'da ağırladım. Madam Baby'nin yazdığı gibi 'Ajar'ın evinde' olmadı görüşme, çünkü klinikte buna imkân yoktu. Doktor Christianssen'in karısı bana evini ödünç verdi. Küçük bir bahçesiyle köpekleri bile vardı. Senbernar cinsi köpekler. Yaygın kanının tersine, Senbernarlar ısırmaz.

Alyette bu sınavda yanıbaşımda olmak için özel olarak kalkıp Cahors'dan gelmişti. Belki tam olarak görünür değildi, ama eminim yanımdaydı.

"Kitabınızda belli belirsiz bir bağlantısızlık seziliyor..."

Ha ha ha. Şimdi gülüyorum, ama o sırada gülmedim. Bağlantısız falan değilim ben. Bağlıyım. Yılların, çağların bağlarıyla.

"Pardon, hıçkırık tuttu da."

"Biliyor musunuz, hiç de bir aceminin kitabıymış etkisi bırakmıyor..."

Sevincimden neredeyse işeyecektim. Hep böyle yerli yersiz işerim. Rahatlama düşü görürüm.

Ben bir aceminin eseri değilim. Yüzyılların ve binlerce yıl önce bu işe başlamış deneyimli genlerin eseriyim. Acemi diye bir şey olamaz.

Alyette imdadıma yetişip çay servisi yaptı. Ben de aldım, şekerli. Fareli falan değil. Şekerli çay. İnsan gibi.

"Kimseden hiç yardım görmediniz mi?"

İşte o anda şeytan beni dürttü. Macoute dayının başını belaya sokabilirdim. Tek sözüm yeterdi bağırması, inkâr etmesi, karşı çıkması, yalanlaması için, bütün bunları da itirazlarında biraz aşırıya kaçarak bana çok yardım ettiğini, bir tutam üslûp kattığını ima etmek için yapardı.

Bir düşmanlık ânında bütün bunları sırtına yüklemek istedim. Madam Simone Gallimard'a, annemin acısını kullanıp bir roman yazmaya beni Macoute dayının ikna ettiğini söylemek geldi içimden.

Ama aynı zamanda, anlatılamaz bir şey oldu. Ömrümde ilk kez, kendim olmak istedim. Artık piton olmak gelmiyordu içimden; hayır işlerimizde pitonların katkısı olmasa da, içimden gelmiyordu işte.

"Kimse yardım etmedi bana. *Koca Tembel* bütünüyle otobiyografiktir."

Yayıncım gülümsedi.

"Gerçekten esprili bir kişisiniz."

Hadi canım. Altı ay boyunca Paris'te piton olmayı dene de, ondan sonra bana espriden söz et. Canavarlar farklı birini gördüler mi hemen, "İmdat, canavar var," diye bağırırlar.

"Görülüyor ki sizin için önemli olan tek şey edebiyat," dedi Madam Gallimard.

Başımla onayladım. Alyette bana güven vermek için elini omzuma koymuştu. Aslına bakılırsa, Alyette Cahors'daki tekboynuzlardan ve ağaçtaki alabalıktan daha gerçekdışı değildi.

"Edebiyat ödülleri meselesinin yine söz konusu olduğunu size söylemeliyim..."

"Çok iyi biliyorsunuz ki adaylıktan çekildim..."

Doğruydu. 1974'te, ödüllerin verileceği günün sabahı, Alyette adaylıktan çekildiğimi belirten bir mektubu yayıncıya ve jüri üyelerine götürüp vermişti.

O dönemde kim olduğumu bulmalarını istemeyişimin önemli nedenleri vardı. Doktor olmayı öteden beri istemişimdir; çocuk hastalıkları uzmanı olmak isterdim, çünkü her şey o zaman başlar. Eğer daha başlangıçta ele alınırsa her şey değiştirilebilir, iyileştirileblir belki. Ama yedi yıllık eğitimi sürdüremezdim. Bu yüzden kürtaj yapmaya başladım; böylece insanların hayatını kurtardığım izlenimini ediniyordum. Gerçek doktorlar yasadışı doktorluk yaptığım için beni ihbar ettiler.

Saklanmak zorunda kaldım.

Normale dönmek ve gerçeklikle yeniden bağlantı kurabilmek için başka yollar aradım. Haloperidolle, nöroleptiklerle ilk büyük karşılaşmam o sırada oldu. Héloise edebiyat öğrenimini bitirmişti, onu Goutte d'Or Sokağı'ndaki bir geneleve yerleştirdim; aynı yerde çalışan üç kız günde ellişer iş tutuyorlardı. Bütün müşteriler Kuzey Afrikalı olduğundan kimse bizi ırkçılıkla suçlayamazdı. Héloise'in yardımıyla orospuların hayatı ve Goutte d'Or üzerine bilgi edindim ve sonra adını değiştirip *Onca Yoksulluk Varken* koyduğum *La Tendresse des Pierres*'i* yazdım. Polisle başım derde girdi, çünkü orospuları sıkıştırıyorlar ve telif haklarının bir bölümünü istiyorlardı. Üstüne üstlük, polis komiseri ahlak zabıtası baskını sırasında belsoğukluğu kapmış ve bana çok öfkelenmişti, çünkü frengi Heine, Nietzsche, Baudelaire ve buna benzer örneklerde olduğu gibi deha açısından iyi sonuçlar vermişse de, belsoğukluğunun kimseye bir yararı dokunmamıştır ve sanat için sanattır.

Piton olmadığımı çok iyi bildiğimden, klinik vaka, kalıtımsal, özellikle de numaracı olarak tanınmak istemiyordum. Nöroleptikler, insan kişiliğimin kuşkuya yer bırakmayacak biçimde ortalıkta göründüğü, korkunç bilinç aydınlanmalarına yol açıyordu.

---

*) *Taşların Sevecenliği.*

Kısacası, kendimi tanıtmanın zamanı değildi. Tek istediğim, kimseye bir şey çaktırmamaktı. Kafa dinginliğiydi.

Bu nedenle ödüllerden adaylığımı çekmiştim, ama birkaç ay sonra yayıncıma bir mektup yazıp bunun doğru olmadığını, kesinlikle adaylığımı çekmediğimi, ilk mektubun sahte olduğunu belirttim. Asosyal ve prensip sahibi olduğumu sanmalarını istemiyordum.

Beni tuzağa düşürecek adam anasından doğmamıştır. Ne yazık ki gün kendi kendine doğuyor.

Sevgili yayıncımın biraz canı sıkılmış gibiydi.

"Ama bu mektubun sahte olduğunu sanıyordum..."

Nefret ettiğim bir şey varsa, o da yalandır. Aşırı derecede dürüst olur yalanlar.

"Ben müphemim."

İşte bu sözlerle hepsini tavladım. Hoşnut ve rahattılar. Müphemlik çok modaydı o sırada. Ondan sonra tek söz söylemediler. Modaya uygundum. Günün beğenilerine uygundum. Ayrıca itirafımın içtenliği vardı hesapta. Bu onları duygulandırıyordu. Herkesin gözleri önüne serilmek. Bütün çıplaklığıyla kendi olmak. İnsanlık belgeleri romanlardan çok daha fazla satıyor.

"Beni dinleyin," dedim, "imkânı yok".

"Neyin imkânı yok?"

İmkânı yoktu ama. Benimki gibi bir sevgi her zaman hınca dönüşür. Asla affetmeyeceğim.

"Yapmayın Mösyö Ajar, hepimizin ruhsal sorunları var..."

Hıçkıra hıçkıra ağlamak istedim, ama abartmaktan korkuyordum.

"Unutmayın ki ilk kitabınız dikkatleri üzerinde topladı ve on beş bin okur sizi izledi..."

Doğru değil bu. Kitabımı okudular, belki hoşlandılar, kitaptakinin başka biri olduğunu düşünmek onları rahatlattı belki. Ama izlemediler beni. On beş bin okurun bir kitabı gerçekten izleyebileceğini düşünmek bile korkunç. Zayıflamak için neler yapmak gerektiğini anlatan kitaplar bile tedbirli olmayı öğütler.

İzlenmek istemiyorum. Benim için kutsal olan her şey üzerine yemin ederim ki kimseyi bir yerlere yönlendirmeye niyetim yok.

Ben kendimi savunuyorum, hepsi bu.

Ben incecik fare sesimi -*Ajar* Macarca-Fince 'fare' demektir- sırf korktuğumu söylemek için; korkudan daha da çok korkmak gerektiğini anlatmak için; 1976'da korkunun her zamanki gibi, ama her zamankinden de çok, mutlak, derin, evrensel, kardeşçe tek gerçek olduğunu haykırmak için; bu satırları yazarken bir iskemlede oturduğum ve kimsenin, hiç kimsenin, bu iskemlenin müthiş bunaltıcı bir komployla görevli bir 'mış gibi' ajanı olmadığından emin olamayacağı düşüncesiyle saçlarımın diken diken olduğunu avaz avaz bağırmak için yükseltiyorum. Söz konusu komplo, çevredeki her şeye güven verici, gündelik, tanıdık bir nitelik yüklemektir.

Şu kâğıt sepetinden, şu küllükten, şu masadan kendinizi sakının; kıpırtısız pusuya yatmaları en aşikâr kurnazlıktır; patlayacak, inanın bana, her an patlayabilir.

Kendinizi sakının. Düşman kelimeler sizi dinliyor. Her şey numara yapıyor, hiçbir şey gerçek değil, biz kendi kendimizin yazarı, kendi kendimizin eseri olmadığımız sürece de gerçek olmayacaktır. İnanın bana; Homeros bağırıp çağırırken ben zaten *bu*ydum. Bizim tohumumuzdan gerçeklik çıkmaz. Tohum değiştirmek gerek.

Doktor Christianssen yeri geldiğinde çenemi kapamamı istiyor, ama insanın çenesini kapaması yersizdir.

Yeni sözleşmeyi de bir önceki gibi *Emile Ajar* diye imzaladım. Tedirgindim; iki kez üst üste aynı adı kullanmıştım, ölümden çok korkarım ben. Ama Doktor Christianssen beni yatıştırmıştı.

"Hadi canım. Ecel sizi başka bir adla ne kadar arayacaksa Ajar adıyla da o kadar arayacak. Umrunda değildir onun. Ne bok olsa yer o. Ayrıca biliyorsunuz, ecelin gözünde adlar... Hepsi takma addır onun için. Sizin piton bir fare yediğinde adını mı soruyor sanki. Elbette biliyorum, Vikingler biri ölüm tehlikesiyle karşı karşıyayken ciddi bir törenle adını değiştirirlermiş... Ecel Carlos'u ararken karşısında Pedro'yu bulurmuş. Vikingler ecelin aldanacağına ve Carlos'un iyileşeceğine inanırlarmış."

Ben yine de önlemlerimi almıştım. İlk sözleşmemi Rio'lu bir taksi şoförüne imzalatmıştım, böylece ecel saldırıya geçerse benim yerime Brezilyalı taksi şoförü cezamı çekecekti. Ayrıca Rio Cahors'a çok uzaktı, olabilecek en uzak yerdi. Uzaklık dikkate alınırsa, kurtulma ihtimali vardı, özellikle orada kendi cezalarını bekleyen yığınla namussuzun da olduğu düşünülürse.

İşte böyle, ilk sözleşmeyi kendim imzalamamıştım, ikinciyi imzalamadan önce de inandırıcı olması için *Emile Ajar* imza çalışmaları yapıp duruyordum. İmzalıyor, bir daha imzalıyor, imza atmaktan kendimi alamıyordum. Büyülüyordu bu beni. Numaracı, mitoman, paranoyak, şimdi de megaloman. Artık eksiğim kalmamıştı.

Doktor Christianssen beni uyarmıştı, ama ben sağlam olduğumdan emindim. Yüzlerce imza attım; hücremdeki halı takma adımla dolu beyaz kâğıtlarla kaplanmıştı; müthiş bir korkuya kapıldım: İmza giderek daha güçlü, daha kendine benzer, özdeş, daha kesin, daha sabit olmuştu. O oradaydı. Birisi, bir kimlik, ömür boyu tuzak, yokluğun varlığı, bir sakatlık, bir parçalanma, bir hakimiyet kuruyor, bana dönüşüyordu. *Emile Ajar.*

Kendimi canlandırmıştım.

Donup kalmış, yakalanmış, durdurulmuş, tutulmuş, köşeye sıkıştırılmıştım. Kısacası, *var*dım. Korku beni allak bullak eder. Hemen yıkım, panik, imdat çullanır tepeme, üstelik de evrensel bir cankurtaran sandalı yokluğuyla.

Yanımda yüzüyor ve koluma tutunmaya çalışıyordu. Ben Pavlowitch olmaktan ne kadar korkuyorsam, o da Ajar olmaktan o kadar korkuyordu, farkındaydım. İkimiz de ölümden korktuğumuzdan çaresizdik, ödümüz patlıyordu.

O çırpınıyor, kurtulmaya çalışıyordu. Kurtulma çabası içinde altı ayak üretmişti; çok değişik türden üç kanadı vardı, insanca hiçbir yanı olmayan pulları çok başarılıydı; anaç, minik pembe memeleri de vardı, her şeye rağmen biraz sevgi düşlüyordu çünkü. Yakasını sıyırmaya, bambaşka bir şey olmaya çalışıyor, hayvanlar evreninden benekli bir nilüfere dönüşüyor, ama ancak benim kadar becerebiliyordu; ne kadar dadacılık oynarsa oynasın, sürrealistlerden daha başarılı olamıyordu. Kuşkuya yer bırakmayacak biçimde, bütün varlığıyla -onun için varlıktan söz edilebilirse- bütün organları ve unsurlarıyla acı çekmek amacıyla yaratılmıştı. İnanılmaz derecede şizofren ve genetikti, Baba, Anne ve Oğul adına; bir yanı kokuşmuştu, öbür yanı ermişler gibi ışıldıyordu; ağzı kanla doluyken, aslında hayvanlığından başka şey bulunmaması gereken yerinden aşk şiirleri fışkırıyordu. Ara sıra, olağanüstü bir doğruluk çabası sonucu ağzının yerinde kıç deliği oluşturmayı başarıyor, ama aslında boktan başka şey olmaması gereken bu yerden de sigara tiryakileri gibi ermiş haleleri, güzellik ve iyilik halkaları çıkarıyor, bunları hemen ustaca kullanıp alçaklıklarını gizliyordu. Can çekişme gurultularıyla şaheserler oluşturuyor, soluğunun pis kokusuyla -eğer bu kelime ölümün kıçını yalamak için bu kadar kullanılmamış olsa- ölümsüz diye nitelenebilecek kokular salan balonlar yapıyordu. Değiştirmeyi beceremediği tek şey üreme organlarıydı; ortada bir Yazar olmadığından, 'mış gibi'lerin devam etmesi gerekiyordu.

Ajar'ın kendinden ve ikiyüzlülüğünden utanmamak için tekesakalına, kuşkonmaza, dalgamotora, sugevezeliğine dönüşmeye çalışması boşunaydı.

Zavallı salak. İnsan olmamaya çalıştıkça insanlaşıyordu.

O gece yeni sanrılar gördüm; halüsinojenlerin en etkilisi olan gerçeklik gözlerimin önünde duruyordu. Dayanılır gibi değildi. Klinikteki arkadaşlarımdan biri çok şanslı: Sanrı olarak hep yılanlar, fareler, kurtçuklar, sevimli şeyler görür. Ben gerçekliği görüyorum. Kalktım, ortalık biraz aydınlansın ve biraz daha az gerçek olsun diye bir umut ışığı yaktım. Bir kibrit yaktım demek istiyorum. Asla itiraf etmeyin. Elektriği yakmadım, çünkü elektrik hep açık kalır, ama kibrit çabuk söner, sönünce de insan hemen yenisini yakar, her yeni kibrit insana umut verir, rahatlatır. Bir kutu kibritte elli uygarlık vardır, bir tek elektrikten elli kat fazla umut verir insana. İlk kibritle birlikte sanrılar kayboldu, İsa'yı gördüm. Yanında da Momo, küçük Arap Yahudisi, Goutte d'Or'dan Mohammed, hani şu *Onca Yoksulluk Varken*'den, kimilerine göre ırkçı ve Yahudi düşmanı eserimden bildiğiniz Goutte d'Or; söz konusu kişiler ırkçılığı ve Yahudi düşmanlığını tanıyamaz, çünkü bu onların doğal soluk alıp verme işlemidir; insan soluk alıp verişini fark edemez. Fransızca'ya uysun diye Momo dedikleri Mohammed, Mesih diye anılan Yahudi'nin yanında duruyordu, Mesih'i insanlığın kurtuluşuyla, sevgiyle özdeşleştirmelerinin amacı Yahudileri ezmek, cezalandırmaktı, çünkü Hıristiyan uygarlığını icat eden bir Yahudi'ydi ve bu da Hıristiyanlar'a bazı yükümlülükler bindirdiğinden Yahudiler'i bir türlü bağışlayamıyorlardı. Yahudiler'in üstlenmek istemedikleri görevlerle birlikte kendilerini Hıristiyan kılmış olmalarını Hıristiyanlar'ın bir türlü sindiremeyip, Yahudiler'e ölesiye kin duymaları klinik bir gerçektir.

Momo, Tanrı'nın ilk seçilmiş Yahudisi'nin yanında duruyordu; ikisi birlikte, tükenen ve her zamanki gibi parmaklarımı yakacak olan, ama bu kez ekibimizin iki yandaşı olduğu için morali yükseldiğinden, sıradan bir kibrit alevinden daha uzun süren umut ışığını izliyorlardı.

Momo kibrite bakarak sordu: "Sence parmaklarını yakmayacak mı?"

"Hayır," dedi İsa. Çok belirgin bir Rus Yahudisi aksanıyla konuşuyordu, oysa psikiyatrik klinikler kurulduğundan beri Rusya'ya adım atmamıştı. "Hayır, bence yakmayacak. O kibrit parmaklarını yakmayacak."

"Yani sence daha önce mi sönecek?"

Yahudi kızıl keçi sakalını buruyordu. Burnu da çengel gibiydi, Yahudi düşmanlığını iyice artırmak için.

"Önemli değil. Bir tane daha yakar."

"Canım, elindeki parmaklarını yakacak mı, yakmayacak mı?" diye sordu Momo.

"Ancak önceden sönerse parmaklarını yakar," dedi İsa. Umuttan ve uygarlıklardan anlıyordu, Tevrat mantığı vardı onda. "Bir de yanma süresini hesaplayamazsa," diye ekledi. Bunun üzerine güldü, çünkü Yahudiler'in hep hesapçılıkla suçlanması onu güldürüyordu.

Momo kolay kolay boyun eğmeyen çocuk mantığıyla, "Ben bu kibritin sönmeden önce parmaklarını yakacağını sanıyorum," dedi. "Bahse girelim mi?"

"Hayır," dedi Yahudi kesin bir tavırla; zayıftı ve hâlâ hayattaydı. "Hiçbir zaman bahse girmem. Dinim bahsi yasaklar."

"Bahsi kaybetmekten korkuyorsun," dedi Momo. O Müslüman'dı ve bu nedenle aynı zamanda Hıristiyan, Budist ve Yahudi'ydi.

İsa, Belleville aksanıyla, "Kaybetmek benim umrumda değil," dedi, sefalet olsun diye Belleville'de oturuyordu. "Hep kaybettim ben. Kaybetmek için doğmuşum. Kaybetmekten hoşlanırım, her zaman kaybeden biri oldum, gücüm buradan gelir. Zayıf olduğum için hâlâ ayaktayım. Kaybettikçe üstlerine giderim. Zayıflığımla içlerinden, temellerinden yıkarım onları. Vicdanları rahat etmez. Otuzbir çekmemek gerek Momo, çünkü kötü bir bahanedir, sonra da insan aslında niçin suçlu olduğunu bilemez. Elbette kaybedeceğim. Ne olur ki? İlk kaybettiğimde iki bin yıllık işim vardı, hâlâ da sürüyor."

Gözlerimi kibritin ölgün ışığından ayırmıyordum. Tir tir titriyor, soğuk terler döküyordum. Gerçeklik kadar korkunç bir sanrı olamaz.

"Nesine bahse girmek istiyorsun peki?" dedi İsa.

Momo hiç duraksamadan önerdi: "Çakısına. Bu kibrit parmaklarını yakmadan önce sönecek, bahse var mısın?"

"Krematu-varım," dedi İsa, Vermot almanağını* ve kelime oyunlarını severdi.

Kibrit dört bir yandan saldıran cinayetler, kirlilik, Beyrut ve bombalarla birlikte parmaklarımı yakmak üzereydi. Ama İsa gözlerini kibrite dikmişti; kibrit birden uzadı, iki üç katına çıktı, daha bir umut boyu sürebilirdi.

"Bana bir çakı borcun var!" dedi İsa, çünkü ırkçı ve Yahudi düşmanı bir Yahudi için kâr kârdır.

"Yok ya!" diye bağırdı Momo. "Saymam, yine mucize yarattın!"

"Ha ha ha!" diye güldü İsa; iki bin yıldır ciddi olmanın başına açtığı dertler yüzünden arada bir gülmekte sakınca görmüyordu. "Benimle bahse girersen böyle olur!"

Sonra sertçe bana döndü.

"Siz de bundan sonra kendinize o kadar güvenmeyin!" diye azarlayıp birden yok oldu, bütün umutsuzluk anlarında olduğu gibi.

Biraz rahatladım, artık halüsinojen değildim, gerçeği görmüyordum artık; gördüklerim bir masa, bir iskemle, her günkü hikâyelerdi, hepsi sahteydi, işler yolundaydı yani.

---

*) Vermot almanağı: Bizdeki Saatli Maarif Takvimi'ne benzer, fıkralar da içeren takvim.

Bununla birlikte durumum güçlüğünü koruyordu; gerçi Madam Yvonne Baby otelde kalıyordu, varlığımdan emin olmak için beni sorgulamaya ancak ertesi sabah başlayacaktı, ama Madam Simone Gallimard bizimle birlikte küçük evde kalıyordu ve Annie de onun bir şeylerden kuşkulanacağından çok korkuyordu. Aslında günde sekiz saat, haftada kırk saat, bir de evden işe, işten eve ikişer saat 'mış gibi' yapmayı hiç becerememiştim, ulumak geliyordu içimden.

Ama işler pek kötü gitmiyordu, Cahors'dan ansızın çıkıp gelen şu özel kurul dışında.

Oysa, kültürel etkinliklerle ilgilendiğini göstermek için sokaklarda birkaç delinin dolaşmasından hoşlanan Cahors belediyesiyle hiç başım derde girmemişti.

Ertesi gün öğleden sonra saat ikide, Senbernar'ın havlamalarını işittim. Kapıyı çaldılar, Annie açmaya gitti. Hemen döndü, yüzü bembeyazdı, haksız da sayılmazdı.

"Cahors belediyesinden bir kurul gelmiş, seni görmek istiyorlar," dedi.

"Olamaz," dedim.

"Dinle, Paul..."

Bana gerçek adımla seslenmişti. Bu aramızda kararlaştırdığımız bir işaretti. Kimlik. Tehlike vardı.

"Burada, Kopenhag'da mı? Tanrım, ne istiyorlar benden?"

"Belki de küçük bir suç işlemişsindir," diyebildi. "Hatırlıyor musun, Nationale Sokağı'nda işemiştin bir kez?"

"İşedim diye Kopenhag'a gelmiş olamazlar. Evet, biliyorum, Cahors'da olay oldu, ama... Neyse, gelsinler."

Geldiler. Üç kişiydiler, hepsi de belediye başkan yardımcısıydı. Allak bullak olmuş gibiydiler. Karşılaşmamızdan mı duygulanmışlardı, bilmiyorum. Birinci yardımcı konuştu:

"Mösyö Ajar, bilmem bu adı kullanmamıza izin verir miydiniz?"

Bunu söylerken göz kırptı. Ben de ne olur ne olmaz diyerek göz kırptım. Kırpmamalıymışım. Onları doğrulamış oldum.

"Cahors kenti ve Lot Bölgesi için bir şeyler yapamaz mıydınız diye sormak istiyorduk size. Bir kültür kuruluşuna ihtiyacımız var, tiyatro, sinema, konser salonu... Sizin bölgemizde fabrikaların kurulması için girişimde bulunabileceğinizi düşündük."

Öylece, ağzım açık duruyordum, o kadar anlaşılmazdı ki bütün söyledikleri, kendimi kaygısız ve rahat hissetmeye başlamıştım neredeyse, çünkü anlamak kadar korkunç bir şey yoktur.

"Bir düşünelim," dedim. Kesinlikle karşı çıkmamak gerekiyordu, psikiyatrinin ilk kuralıdır bu.

"Sizin de bildiğiniz gibi Lot Bölgesi oldukça yoksuldur, fabrikaların kurulması yeni iş imkânları yaratacaktır..."

Bıyığımı burup duruyordum. Bu konuşmayı son derece doğal bulmaya başlamıştım.

"Evet, ama kirlilik sorunu var," dedim. "Lot Bölgesi'nde fabrikalar kurulması için bugüne kadar bir girişimde bulunmamış olmamın tek nedeni kirliliktir. Daha çok elektroniği düşünüyordum, belki silah fabrikaları..."

Kendimi çok iyi hissediyordum. Milyarderdim; bir milyarder kadar benden farklı ve bana uzak bir şey olamaz.

İyiydim işte. Defolup gitmiştim.

Macoute dayının detoks sırasında gelip odamda gizlice içtiği purolardan ikram ettim onlara. Macoute dayının Mayorka'da oluşuna hayıflanıyordum. O namussuz herif benim hayatta bir yerlere gelebileceğime, önemli biri olabileceğime bir an bile inanmadı. Lot Bölgesi'nde fabrikalar kurmak üzere olduğumu görse, öfkesinden kudururdu.

Bir sessizlik oldu. Düşüncelere dalmıştım. Lot Bölgesi'nin hayırsever babası oluyordum... Ondan sonra işi sürdürmek yeterliydi. Başbakan. Yok, o bir şey değil. Devlet başkanı. Anayasaya aykırı olduğundan Fransa Kralı olamazdım. Yaşam kalitesiyle Pinochet'yi, Batı'nın Savunulmasında Ordu ve atom bombalarıyla da Soljenitsin'i görevlendirirdim. Oybirliği sağlayacağımdan emindim, komünistler de ötekiler de bana oy vereceklerdi. Kafamı kurcalamaya başlayan bir tek sorun vardı: Araplar'la İsrail'in ortak programı. Boncuk boncuk terlemeye başladım, ne de olsa devlet başkanı ve iyi bir Fransız olarak sorumluluklarımdan kaçamazdım.

"Her şeyi birden çözümleyemem," dedim sertçe.

"Belki kültür merkeziyle işe başlamamız yerinde olur," dedi belediye başkan yardımcısı. "Sonra da fabrikaları ele alırız. Kirlenme açısından bu sırayla yapmak daha akıllıca olur."

"Bakarız... Ama önce şu berbat hastanenizle ilgilenseniz iyi olur. Yemekler iğrenç."

"Anlaşıldı."

Belediye başkan yardımcısı uygarca gülümsedi.

"Söylemeye gerek yok elbette, Ekselansları bir komisyon alacaklar; petrol krallarının hakkı bu, üstelik bizi destekleyeceğinize göre..."

Petrol kralı mı? Ekselansları mı? Hatırlamıyordum ama bilinmez elbet. Benden her şey beklenirdi. Puromu ağzımdan çekmeden, "Hımm," dedim ve önemli biri havasına girdim.

"Yeri gelmişken," dedi başkan yardımcısı, "Komiser Paternel'in özürlerini size iletmekle de görevliyiz. Her şeyi anladığında ağır bir sinir krizi geçirdi..."

"Doğaldır," dedim. "İnsan her şeyi anladığında mutlaka ağır bir sinir krizi geçirir. Bilinçlilik bunu gerektirir."

"İlk anda sizin kimliğinizi gizli tutma isteğinizi anlayamamıştı."

"Ne olursa olsun kimliğimin açıklanmasını istemiyorum," dedim. "Hayatım çekilmez olur yoksa."

"Elbette, elbette. Ama karşınızdaki adam çok sinirli olduğu için Paris'ten Cahors'a atanmış, oldukça kaba bir adamdı. Sakinleşmesi için atamışlardı kendisini Cahors'a. Oysa işinde çok özenlidir. Sizden çok etkilenmiş. Sizinle karşılaştıktan sonra büyük özen göstererek dosyanızı incelemiş. Gerçek adınızı saklama ve Pavlowitch adıyla tanınma konusunda niçin ısrarlı olduğunuzu bir türlü anlayamamış."

Tüylerim ürperdi. Gerçek adımı duymaya katlanamam. Hemen bir köşeye kıstırılmış gibi olurum.

Temkinliydim. Susuyordum.

"Bölgemizde böyle önemli bir konuğun bulunmasından büyük gurur duyuyoruz," dedi başkan yardımcısı. "Lot Bölgesi için yapacaklarından dolayı Ekselanslarına müteşekkiriz, kimliğinizi açıklamayacağımız konusunda da Ekselanslarına söz veriyoruz. Komiser Paternel'le biz ilgileniyoruz, çenesini kapayacaktır. Merkeze başvurup gerçek adınızın Pehlevi olduğunu öğrenmiş. Kuşkusuz, bir kayıt hatası olabilir..."

"Kayıt hatası değil, iftira bu. Lanet olsun, benim adım Pehlevi değil..."

"Elbette, elbette."

"Paris'te ilk kez sorgulandığımda, testler falan yapıldığında, onlara tek söylediğim, yarı-Yahudi olduğumdu. Soyumu yadsıdığım yok, tek yaptığım ilerisi için önlem almak. Babamın soyadının Levi olduğu doğru değil. Babam Yahudi değildi, bunu ima etmeye çalışıyorlar. Onlara kaç kez söyledim Levi olmadığımı, Levi olmadan da yeterince sıkıntım olduğunu. Sonunda kızdım, *'Pas* Levi, *pas* Levi!'* diye bağırdım. Onlar da Pehlevi diye geçirmişler kayda. Ama Pehlevi değil Pavlowitch, ayrıca gerçek adım bu da değil."

İnanmışlardı bana. İyi anlaşıyorduk.

"Ağzımızın sıkılığına güvenebilirsiniz. Ama Komiser Paternel, İran Şahı Majestelerinin Caniac-du-Causse'ta kimliği-

*) "Levi değil" anlamındaki *"pas Levi"* ile Pehlevi'nin Fransızca söylenişi aynıdır.

ni gizleyerek yaşayan bir akrabasına hakaret ettiğini anlayınca korkunç bir sinir krizi geçirdi ve..."

O anda ayağa fırladım. Benim de anasını satayım bir gururum var. Demek istiyorum ki, benim de bir gururum var, anasını satayım. Anasını satayım, demek istiyorum ki, eninde sonunda, benim de anasını sattığım bir gururum var.

"Uuuuuuuuuu..."

Danimarka'da o güne dek böyle bir insan ızdırabı uluması işitilmemişti.

"Ben Pehlevi'lerden değilim! İran Şahı'yla uzaktan yakından ilgim yok! Ben İran Şahı değilim! Belki deliyim, ama hiç değilse İran Şahı değilim!"

Söylediklerime inanıp, kimliğimi gizlememe duydukları saygıdan ayaklarının ucuna basa basa yanımdan ayrıldılar. Ben bir süre daha ulumaya devam ettim; İran Şahı olmadığıma kendimi inandırmam gerekiyordu.

İnandıramadım. İran Şahı biraz da benim.

Ajar oradan oraya sürünüyor, duvarların ötesine geçmeye çalışıyordu. Onun acı çekmesine engel olmak için Annie'yle ben birkaç damla kediotu tentürü aldık. Kediotu tentürü, on sekizinci yüzyılda, henüz terör dengesi yokken duyarlı kişilere verilen bir yatıştırıcıdır.

Lot Bölgesi temsilcilerinin bana besledikleri açıklanamaz kuşku, benim kaçamak cevaplarım, (alaylı gülümsemelerine bakılacak olursa) açıkça sezinledikleri gerçek kimliğim konusunda itirafta bulunmayı reddedişim, o gece beni bir bilinçlenme işkencesine soktu. Sabahın saat ikisinde ansızın anlayıverdim, bundan kötüsü de olamaz. Telefona sarılıp Doktor Christianssen'i uyandırdım.

"Doktor, iğrenç bir şey bu. Artık kimliğimden kaçmak için gösterdiğim bütün çabaların nedenini, bunalımlarımın ve korkudan işemelerimin kaynağını, suçluluğumun ve kalıtımı reddetmemin kökenini biliyorum. *Yahudi'yim ben* Doktor, bu yüzden de kendimden nefret ediyorum ve kendi ırkıma düşmanım. Bundan dolayı düğüm üstüne düğüm atıyor, birbiri ardına kimlikler uyduruyorum. İsa'nın yanı sıra sırtlarına bir yığın mecburiyet, bir ahlak, bir onur, bir cömertlik, bir kardeşlik ve bunun getireceği kölelikleri yüklediğimiz için bizi bağışlamayan Hıristiyanlar'ın kıyımından ve hıncından kurtulmak amacıyla dünyaya İsa'yı getirmemiş olan bir dizi kimlik yaratıyorum kendime. Her şeyin kaynağı Yahudi oluşum! Otuzbir çekmem değil!"

"Gecenin bir yarısında kafa ütülemeyin!" diye İbranice bağırdı Doktor Christianssen. Beni ayaklandıran bunalım dalgası, aleyhimde doğumdan gelen hastalık belirtilerini ve çürütülmez kanıtları çoğaltıyordu; İsrail toparlamayla görevli ileri güçlerini üstüme saldırtıyordu, öyle ki gerçekliğin ve aidiyetin tehdidini hissetmeyen tek Yahudi yoktu dünya yüzünde. "Kafamı bozmayın, Pavlowitch, adınız tam bir Yugoslav adı, bütün giderler dayınıza ait olmak üzere Kopenhag'da yaşamanız için size görülmedik kolaylıklar sağlıyorum, siz buna karşılık tutup da bilinçliliğinizi kanıtlamak üzere beni sabahın ikisinde uyandırmaya kalkarsanız, beden ve ruh sağlığınızın yerinde olduğunu rapor ederim, siz de herkesle aynı bok çukurunun içinde bulursunuz kendinizi. Karanlıkta otuzbir çekmeyi sürdürüp suçluluk aktarımları yaparak mastürbasyonun onurunu lekelemenize bir diyeceğim yok, mastürbasyon daha neler gördü geçirdi, diyalektiğe alışıktır o; ama Yahudiler'i rahat bırakın, biz Danimarkalılar, başta kralımız Christian olmak üzere, bütün Yahudiler'imizi Hitler'den koruduk. Yahudiler'in sırtından geçinmeye kalkışmayın. Soyunuzdan utanç duymakta haklısınız, ama döl dediğiniz İbrahim'den çok önce de vardı, sizin kadar dölübozuk bir hödüğü de ömrümde görmedim. Bu konuda sizden daha özgünü yoktur. Yahudiler yüzyıllar boyunca insan olmadıklarını kanıtlayan belgeleri Yahudi düşmanlarından koparmaya çalıştılar, ama beceremediler; çıka çıka İsrail çıktı ortaya, bundan daha insanca, daha gerçekliği kanıtlanmış bir şey de olamaz. İsrail, yani adına yaraşır bir ulus; insan kişiliğinin en ezici kanıtı ulustur, sevgili pitonum, soysuzum, canım bilyeli yatağım, küllüğüm, tüyüm, kuşkonmazım, kendinizi yenilemek için gösterdiğiniz bütün çabalar boşuna..."

"Yaşasın Fransa!" diye bağırdım, çünkü utancımı tek başıma taşımak istemiyordum.

"Daha bitmedi. Erdemli akıllılar arasında bilinçli oldukları için tedavi görenlerden en ırkçılık düşmanı namussuz sizsiniz, bu da size iki milyar kadar küçük sorun çıkartıyor. Gidin giyinin. Artık 'mış gibi'ler falan sökmez; giysiler kanıtlar sizi."

Telefonu suratıma kapadı.

Hiçbir anıştırma yapmadan, düz bir sesle, "Normal olduğumu söylüyor," dedim Annie'ye.

"İyi de, normallik zaten normal olmadığına göre..."

"Yardım etmeyeceğini söylüyor ama."

Annie Lot'ta doğup büyümüştür, ayağı yere basan, basit insanların soyundandır, zaman zaman soyu baskın çıkar, sonuna kadar savaşmaz o zaman, sağduyusuna yenilir.

"Biliyor musun Paul, belki de artık bir düzen kursak iyi olur," dedi. "İki kitabın yayımlandı, belki yayıncının avanslarıyla Caniac'ta yaşayabilir, geçinebiliriz. Orada çok paraya ihtiyacımız olmaz. Ayda bin beş yüz frankla Causses'ta üç kişi geçinebiliriz. Sırf üçüncü bir kitap yazabilmek için kendini hasta etmeye değmez... Ayrıca umutsuzluktan kazanacağın bir şey kalmadı."

Doğru, diye düşündüm. Umudu bir denesem mi? Yok, sıradanlığa kaçmayı reddediyorum. Avam oluyor öylesi.

Ama umut beni yiyip bitirmeyi sürdürdü, zaten başka işe de yaramaz, bütün gece gözümü bile kırpmadım. Hemen ertesi gün, rastlantı bu ya, bir işaret geldi.

*Herald Tribune*'daydı. Gazete bende duruyor, isteyen bakabilir.

Münih hayvanat bahçesinden bir kurt kaçmış ve dördüncü sayfada yaşlı bir kadın tarafından bulunmuştu. Polisler geldiğinde yaşlı hanım kurtun başını okşamakta, kurt da onun elini yalamaktaydı.

Hiçbir şeyden emin olamıyorum, ama belki de kurtlar iyiye doğru evrimleşmekteler. Yaşlı hanımlar da öyle. Belki de yaşlı kadın kaçıktı. Bir şeyleri bulanlar genellikle kaçıklardır.

İttifakların tersine dönebileceğine inanmam ben. Kelimelerin çıkar ortaklığı vardır, hepsi tarihe geçmiştir, 'koynunda yılan beslemek' deyimi, yılanın bu yüzden size minnet duyacağı anlamına gelmez kuşkusuz. Sevgi öteki kelimelere kıyasla kulağa daha hoş gelir, hepsi bu.

Alyette'le ben uzun uzun fısıldaştık. Alyette'i size kelimelerle anlatmadım henüz, ama onu kaybetmeyi hiç istemiyorum, kelimelerin onu alıp götürmesinden korkuyorum. Yalnızca şunu belirteyim: Alyette'in gözleri, insana hâlâ bir 'ilk bakış' olabileceğini düşündürür.

"Belki de en iyisi vazgeçmek, Paul. Kes bağırmayı, işitecek kulak yok. Burada değil o. Yok öyle bir şey. Seni bitirmeye gelmeyecek, kolundan tutup çekmeye gelmeyecek; Yazar *yok*. Öyleyse kendimizi kabullenelim, bizim parmağımız yok ki bu işte. Geleceği olan bir iş bile bulabilirsin: Garda bilet zımbalamak örneğin."

Hastabakıcı Fröken Norden -hafızam kuvvetlidir- bir köşede not tutuyordu. Alyette benimle konuşurken hep not tutarlar.

"Ayrıca bir çıkış yolu daha var. Bütün iş başlamakta."

"Ne başlaması? Hep aynı bokun soyu. Çıkış yolu yok, Alyette, çünkü herkes aynı yerden çıkar. Yapılacak şey döl değişirmek. Biliyorum, Amerika'da yapay gen yaratmayı başardılar, ama belki o bizi yüzüstü bırakıp kayısılarla ilgilenmeyi tercih eder. Bilemeyiz. Karşılık beklemeden niçin bize iyilik etsin? Gidip başka bir yerde başka birilerini dünyaya getirir, biz burada kalırız. Öyleyse?"

Teyp de çalışıyordu. Ne zaman düşünmeye başlasam, hep teybi çalıştırırlar. Buna 'sayıklamalarım' diyorlar. Bense casusluk diyorum. Hatta düşüncelerimi çalmak için Macoute dayıdan para aldıklarından kuşkulanıyorum. Ondan sonra da dayım gidip her yanda dünyayı kendisinin kurtardığını bağıra çağıra söyler.

"Öyleyse doğal ayıklama yapmak gerek, Alex. Güzel meyveler gibi. Saflığa bir şans tanınmalı."

"Ne yani, öyle birini mi tanıyorsun?"

"Eşi bulunmaz iki manevi saflığı çiftleştirerek işe başlanabilir. Başlangıç bu olabilir."

"Kim örneğin?"

Alyette zafer kazanmış gibi baktı bana.

"Papa Hazretleri ve Soljenitsin Hazretleri."

Düşündüm. Ajar sürünerek halının altına gizlenmeye çalışıyordu, çünkü son derece inançlıydı. Hâlâ, yine de ve buna rağmen inançlı olmaktan öyle korkuyordu ki, halı korkudan bembeyaz kesilmişti.

"Dinle, Alyette, Papa'yla Soljenitsin'i ne manevi anlamda ne de başka bir anlamda çiftleştirebiliriz. Doğa izin vermez buna. Papa'yı Soljenitsin'e ya da Soljenitsin'i Papa'ya saflık ve başlangıç elde etmek amacıyla aşılamaya çalışmak teknik olarak belki yapılabilir, ama ruhun görünümünden başka bir şey elde edilemez."

Hemşire beni kısaltmak için stenoyla not alıyordu.

"Zavallı Mimile'im benim, hâlâ iki kere ikinin dört ettiğine inanıyorsun. Yanlış. İki kere ikinin her ikisi de sahtedir, suç ortağıdırlar, dört edermiş gibi yaparlar, üstünlük sırasına göre. Görünüşe saygılıdırlar, ama biz mecbur değiliz..."

Israr ediyordu. Önerisinde diretiyordu.

Hayır dedim. Yüksek ve anlaşılır bir sesle. Hemşireden çekiniyordum.

"Soljenitsin'in yumurtacıkları yok, Papa onu dölleyemez öyle, imkânsız, *saçmalık* bu."

Göz ucuyla hemşireye baktım, kendimi beğendirmek istiyordum.

"Üstelik Papa ve Soljenitsin aynı dinden değiller. Bir mucize olsa bile, dünyaya getirecekleri din konusunda kavga ederler."

"Peki ama ne yapacağız, Paul? Çok güzeldi, böyle devam edemez. Dayın klinik parasını ödemekten usanacak, Christianssen de er veya geç yardım etmekten vazgeçecek. Uzun süre aynı teşhisi koymayacaklardır sana, deli sıfatını kazanma koşulları enflasyon yüzünden her gün biraz daha güçleşiyor."

"Bana güven, Alyette. Başaracağım. Temelli defolup gideceğim, seni uzaklara götüreceğim, eksikliğimiz giderilemeyecek, *kesin* olacağız..."

Teyp söylediklerimi kaydediyor, aynasızlar vızıldıyordu, hemşirenin gözü elektronikti, Madam Yvonne Baby hâlâ otelde bekliyordu, hava yoluyla kendimi gecenin ortasında Paris'te buldum, ırkçı olmamak için Héloise'i Goutte d'Or'daki geneleve, Kuzey Afrikalılar'ın yanına yerleştirmiştim. Yokluğumdan nasıl yararlandığını görmek istiyordum. Beni genel müdür Madam Dora kabul etti, Héloise'in daha iyi olduğunu, kuruluşun öteki iki ırkçılık düşmanı gibi günde kırk kadar iş tuttuğunu, ama Paris'teki bitlerin gazetelerde azması yüzünden hastalandığını, aynasız kaptığını söyledi. Gerçekten de Héloise'i tam formunda buldum; sürekli tepemizde dolanan ve bütün düşündüklerimizi CIA ve KGB adına kaydeden casus-uydulardan söz etmeye başladı bana, ama ansızın bir çığlık attı, bir de ne göreyim? Cinsel organından bir aynasız dışarı çıkıyor, ona küçük bir ceza kesmek için girmiş oraya. Öteki kız, Nora da sürekli kaşınıyordu, aynasızlar olay yerinde olmak için kıllarına asılmışlardı. Duvarlara tırmanan aynasızlar da vardı, ama temizlemek için bir şey yapılamıyordu, çünkü temizlenmesi gerekenler aynasızlar değil, orospulardı. Kızlardan birinin, Lola'nın polis arabasında iki kaburgası kırılmıştı; o kadar kadınlar yılıydı yani. Kocaman, dev bir aynasız kanepeye oturmuş, düzenin verdiği güçle kasılmış, ayakkabılarını çıkarmış, para cezalarını ayakkabılarına tıkıyordu. Tam o sırada bir cıvıltı işittim, düzenin devi ayakkabısına baktı, bir de ne görsün? Bir başka aynasız, minicik bir aynasız, paraları çalmak için kendini tavandan aşağı bırakmış, ayakkabıya girmiş. Az kalsın eziliyordu. Düzenin devi onu ayakkabının içinden çıkardı, âdet yerini bulsun diye azarladı, cebine koydu ve bana paranoyak dedikten sonra ikisi birlikte gittiler.

Doktor Christianssen yeniden gerçeklik krizine girdiğimi, bu durumda bunalımın olağan sayıldığını söyledi. Madam Yvonne Baby'yle yapacağım görüşmeyi ertelememi tavsiye etti.

Macoute dayı başına açılan masraflara karşın Kopenhag'da kalış süremi gerektiği kadar uzatabileceğimi bildirdi. Bunu benim için değil, annemin hatırasına yaptığını biliyordum, yani ona bir şey borçlu değildim.

Fark etmiş olacağınız gibi, tarih sırasıyla ilgili sorunlarım da vardı; Albi'de duvarlara fırlatılıp parçalanan Kathar çocukları ve herkesin ağzına sakız olmuş, artık özgün bir eser yaratmaya yaramayacak her tür masum cinayete varacak kadar gerilere gidiyordum.

Danimarka'da artık gerçeklik tedavisinde elektrik şokları kullanılmıyor; yalnızca harika dozlarda nöroleptik veriyorlardı.

Köpeklerin kendi aralarında bile tehlikeli saydıkları bahçedeki dobermanlardan korkuyordum.

Dünya bekliyor, soluğunu tutuyordu; dünyanın soluğu bana kadar gelmeyince ben de daha rahat soluk alıyordum, Madam Yvonne Baby'den de haberim yoktu.

Her öğleden sonra bir saatliğine klinikten ayrılmama izin vardı, bu boş saatten yararlanıp Barselona'ya atlayıverdim, uluslararası tugaylara katıldım; ama döndüğümde şok geçirdim, çünkü denetlenemeyen kimseler bir manastırın mezarlığındaki din adamlarının mumyalarını topraktan çıkarmışlar, ateizmin gerçek yüzünü göstermek için karnaval arabalarında gezdiriyorlardı. Böyle bir karşılamayı öyle beklemiyordum ki, avaz avaz bağırmaya başladım ve koşarak kliniğe döndüm.

İnsanca eğilimlerimin tehdidi altındaydım hâlâ, başlangıçtan umutlu ve dölden korkulu. Her sabah, ABD'deki Profesör Wall'a, soysuzluğu garantili, yapay bir gen yaratmış olan bilimciye çocuğundan haber soran bir telgraf yazıyor, göndermiyordum.

Doktor Christianssen bana yeniden haloperidol vermeye başladı ve sanrılarım kaybolmasa da herkes için daha katlanılır bir biçime büründü.

Mörq Dörtlüsü'nün bir konserine gitmek için izin aldım; başlangıçta her şey çok iyiydi, ama ortalara doğru viyolonselin gözle görülür biçimde şişmanlamaya başladığını fark ettim, sonra birden çatladı ve bir sürü minik mandolin çıktı içinden (niçin mantığın da gerektirdiği gibi minik viyolonseller çıkmadığını Tanrı bilir), hep bir ağızdan, "Baba, imdat, dünyaya gelmek istemiyorum, imdat!" diye bağırıyorlardı; sonra bir yığın aynasız ellerinde coplarıyla salonda uçuşmaya başladılar; üstüme yapıştılar, ben korku içinde bağırmaya başladım, çünkü kendimi suçlu hissediyordum, otomobilimi yasak bir yere park etmiştim.

Ben böyle bir durumdayken Macoute dayı Kopenhag'a geldi. Kötüleştiğimi bildirmişler kendisine, o da özel olarak beni görmeye gelmiş. Son gördüğümden beri yaşlanmıştı, daha dalgındı. Daha kendi gibiydi. Yanıma oturdu; ağzında purosu, şapkasıyla paltosunu bile çıkarmadan; evde de bazen öyle yapar, belki de kendini rahatlatmak, evinde geçici olarak bulunduğuna kendini inandırmak için.

"Pek iyi gitmiyor galiba?"

"Sana çok masraf çıkardım, kusura bakma."

"Hiç önemi yok."

İçten görünüyordu. Annesi de babası da oyuncuydu.

"Yeni bir kitap yazıp bitirmişsin."

"Pöh!"

"Çok yeteneklisin."

"Kalıtımla geçmiş olmalı." .

Purosunu emiyordu.

"Çok iyi eleştiriler aldın."

"Eleştirileri ben almadım, kitabım aldı. İnsan aşağılık, rezil biri olup güzel kitaplar yazabilir."

Kılını kıpırdatmadı. İmkânsız, çok uzakta, o kadar uzun zamandır kendisi ki, korkutmuyor bile artık onu. İşini yoluna koymuş.

"...ara sıra vücudum kanıyor, ama yazarken kolay yaralanıyorum da ondan."

"İtiraf etmeliyim ki seni okurken sık sık soluğum kesiliyor, boğuluyormuş gibi oluyorum..."

"Elbette, piton olduğuma göre."

"Ben yenisinden söz ediyordum."

"Sence beni... ortaya çıkaracaklar mı?"

"Çıkarsalar ne olur? Neden utandığını anlamıyorum. Ortaçağ'da değiliz artık. Senle ben aynı kanı taşıyoruz."

Bir an umutlandım. Ama itiraf etmeyecekti. Sorumluluklar canına tak demişti.

"Ne demek bu?"

"Ana tarafından dedelerimiz bir. Bir de bana bak."

"Sana bakmanın yararı yok. Televizyona çıktın, herkes tanıyor seni."

Güldü.

"Gördün mü, bilinçli ve zeki olduğunu sana söylemiştim..."

Onu niçin sürekli cezalandırıyordum, bilmiyorum. Belki 'mış gibi'lerle yetinmek gerektiği için. Gerçek sorumlunun ortada olmaması göze çarpar. O zaman daha ulaşılır olan birini ararlar.

"Şimdi söyle dayı: 'Senin için yaptıklarımdan sonra...'"

"Senin için hiçbir şey yapmadım ben. Bir şey yaptıysam, annen içindi..."

Yumruklarımı sıktım. Aşağılık herif, lafı ağzında geveleyip duruyordu. Ama aşka yanaşmadan, uzağında durarak.

Ne de olsa aracılar çağındayız. Sanırım inançlı biri olsaydım ona çok daha az ihtiyaç duyardım. Cezalandıracağım bir başkası olurdu.

Annemle yattığından emindim.

"Bana hiçbir borcun yok."

Ayağa kalktı; lacivert pardösü, gri şapka.

"Senin için hiçbir zaman, hiçbir şey yapmadım," diye yineledi, alayla, sonuna kadar müphem ve her zamanki haliyle.

Doğru değildi söylediği. Harvard'da eğitim, Lot'taki ev, ara sıra para... Bahanesi de, kendi kendime bir yerlere gelebilmem için çok fazla yardım etmek istemediğiydi.

Paris'teyken bir gece beni görmeye odama çıkmıştı. Yirmi yedi yaşındaydım ve tam formdaydım. Her şeyi topluma aktarmıştım. Kendi kendimi hırpalamıyordum, toplum hırpalıyordu beni. Böylece genetik, atavik ve psikolojik olmadığıma, sosyolojik olduğuma inanıyordum. Ama sınıf düşmanlarıma bile kötülük etmeyi beceremediğimden, hiçbir işe yaramıyordum. Bağırıp çağırıyordum, o kadar.

Macoute dayı o sıralarda Amsterdam'a gitmiş, bir elkitabı getirmişti gelirken: "Temel ihtiyaç maddeleriyle evinizde bomba hazırlama sanatı" ya da buna benzer bir şey. Kitabı alıp altıncı kattaki odama -odasına- çıktı. Ben yirmi yaşında Annie'yle evlenip Paris'e gelir gelmez bize iki hizmetçi odası vermişti.

Kitabı yatağımın üzerine fırlattı.

"Al şu kitabı. Bomba yap. At. Öldür. Yık. Her şeyi havaya uçur, böylece gerçekten inandığını kanıtlarsın. *Ama bir şeyler yap.* Tanrı aşkına, elini kolunu oynatıp durma!"

Kliniğin bahçesinde Senbernar'ın havladığını duyuyordum.

Hastabakıcı içeri girip saat beşte almam gereken fareyi içirdi.

Macoute dayının eli kapı tokmağındaydı. Bana biraz insanca yakınlık göstermeye gelmişti, şimdi de işini bitirmiş gidiyordu.

"Dur. Senden bir şey istiyorum."

"Nedir?"

"Bir sevgi gösterisi."

Benim dudaklarımdan böyle bir kelimeyi ilk kez işitiyordu. Tedirgin oldu. Gerçekten durumum kötüydü.

"Paul, seni çok sevdiğimi bilirsin. Ama duyguları göstermek..."

"Sevgiyi göstermek herhangi bir duyguyu göstermek değildir."

Bir keresinde şöyle demişti bana: "Annen tarafından büyük bir isterik Rus ailesinden geliyoruz." Ama umrumda değildi. Bana gizli bir sevgi beslediğini biliyordum. Başka türlüsü olamazdı.

"Benim *Vie*'nin* başını elyazınla kopya etmeni istiyorum. Başlangıcını, *kaynağını.* Eserin doğuşunu..."

Son derece sakin, sanki önerim o kadar da çılgınca değilmiş gibi konuştu:

"Bunu yapamam, yavrum."

"Hâlâ inkâr mı ediyorsun?"

Elleri cebinde, omuzlarını silkti.

---

*) *Vie:* hayat.

"İnkâr edilecek bir şey yok. Bir oğlum var, sen değilsin ama."

"Birkaç sayfalık bir kabul, ilk bölüm, fazla bir şey değil ki..."

"Hayallerini beslemek istemem, yavrum. Üstelik benimle alay etmediğinden de emin değilim."

"Yalnızca ilk bölüm. Oluşumun, çektiklerimin kaynağı."

"İmkânsız. Sapıklık bu."

Sabahın üçünde diriltmeye çalışıyorlardı beni. Bir tüp Tetromazin yutmuştum.

İlk bölümü baştan sona siyah bir deftere yazdı. Ama bunu Doktor Christianssen'in isteği üzerine, 'durumumu göz önüne alarak' ve 'kendimi itelenmiş hissetmeyeyim diye' yaptı. Bir anlamı kalmamıştı. Sevgi gösterisi değildi, gördüğüm psikiyatrik bakımın bir parçasıydı.

Artık kente inmeme izin vermiyorlardı. Ama her sabah küçük bahçede geziniyordum, Senbernar elimi yalıyordu, artık dobermanlardan korkmuyordum; adlarına bakmayın, köpekten başka bir şey değiller. Öğleden sonraları bazen dayanıklılık kazanmak için Yabancılar Lejyonu'na katılıyordum. Türkiye'de bir deprem oldu. öyle yatıştım ki, ağlamaya koyuldum; doğal bir felaketti çünkü, benim hiçbir suçum yoktu.

Bu arada çok kötü bir olay da oldu. Arjantinli polisler, parmak izlerimin yardımıyla kesin kimliğimi belirlemek üzere sağ elimi kesmeye geldiler. Sokak çatışmalarında ölenlerin sayısı öyle kabarıktı ki, cesetleri oldukları yerde bırakıp birer ellerini kesmekle yetiniyorlar, kimlik belirlemek için kesilen elleri merkeze götürüyorlardı.

Benim bu işin kaynağında olduğumdan uzun süredir kuşkulanıyor olmalıydılar. Ama Doktor Christianssen girmelerini engelledi, çünkü psikiyatrik klinikler birer tapınak gibidir ve bulundukları ülkenin yasaları dışında tutulma ayrıcalığını taşırlar. Ezilen kişiler hâlâ kliniklere sığınabilmektedir. Ayrıca hafızama yönelik iğrenç hakaretler ve alaylar vardı. Şili siyasi polisi DİNA adını almıştı. Dina benim annemin adıydı. Kuşkusuz bir rastlantıydı söz konusu olan, Pinochet'nin polis örgütünün sırf bana işkence olsun diye bu adı seçtiğini ileri sürmüyorum. Burada yalnızca gazetelerde bin kez belirtilen bir gerçeğe değiniyorum, ne var ki, böylelikle annemin adı yadsınamaz bir biçimde benim için dayanılmaz olan birtakım canavarlıklara ve alçaklıklara bulaştırılmış oluyordu. Bunlara dayanabilmemi temel ihtiyaç maddesi sayılabilecek kimyasal maddeler sağlıyordu, ama bunlar yalnızca beni etkiliyor, Şili üzerinde etki bırakmıyordu.

Önemli görevlerdeki dostlarım telefonlar ediyorlardı bana, rahat bırakılmam için bir zirve toplantısı düzenlemeye çalışıyorlardı. Ama zirve bulunamıyordu.

Ara sıra Alyette gizleniyor, CIA ve KGB'nin baskısı altında siliniyordu. CIA ve KGB her yandaydı, sürekli olarak aynasızların vızıltısını işitiyordum.

Ben enayi değilim. Boğulmamak için kendimi marka imajlarımızla çevrelediğimi biliyorum. İnsanın içini en çok kemiren bunalım, adı olmayandır; algılanır bir dehşete hiçbir zaman dönüşmeyen, yakındaki bir bunalım. Yürek en kötüye ulaşmak ve işin sonuna gelmek için çeşitli aşamaları atlar. Ama bilinmeyen geri geri giderek kaçar ve onun izinde benim korkum artar. Tehlike adını söylememekte direnir, her nesnenin kıpırtısız suç ortaklığının vurguladığı yokluktan çıkmayı reddeder. O zaman benim de ne pahasına olursa olsun adsız korkuma geçerli bir neden bulmam gerekir: Pinochet'nin suratını takarım ona, bir kıyım kafası oturtur, işkenceden sonra çürüyen bir beden yakıştırırım. *İnsanca bir işkence gereklidir bana.* Kesik eller, KGB, CIA, kapkara yıkıntılar yardımıma koşar ve bütün marka imajlarımız dehşetimi haklı kılar. Korku adsız olmaktan çıkıp bir özel ad edinir. Daha az korkmak için gündelik dehşetle beslenen sırtlan kurnazlığı. Sonunda bunalımım haklılık kazanır, bu dünyada yaşadığım için. Dahası, düşüncelerim açıklık kazanır, kendi kendime şunu sorarım: Canavarlık sistemlerimizi geliştirmemizin nedeni, dehşete egemen olma isteği değil mi? Korkudan kurtulma isteği değil mi? Bütünüyle insan eliyle yapılmış, olağanüstü polis korkusu devletleri yaratalım. Böylece alçaklıkların ve işkencelerin kuralını, bahanesini, yöntemini, tüzüğünü; köleleştirme ve boyun eğdirmenin yasalarını; acı çektirmenin bedende ve beyinde iyice tanımlanmış yerlerini bilip rahatlardık; bilinmezliğiyle, giderek yaklaşmasıyla ve gizlenmesiyle soluk almadan, acımasızca bizi hedefleyenden kaçabilelim diye, artık ne olacaksa olsun diye, bir sonuç, hatta bir kutlama, bir kesinlik olsun diye. Çırpınıyorum, haykırıyorum, hayırsever cesetleri ve ilkyardım cinayetlerini yardıma çağırıyorum. Bilinmezi kovuyorlar, insan adı taşıyorlar ve ben, onların somut varlıklarına baktığım sürece burada, burada, karşımda, çevremde o korkunç tehdidiyle bulunmayanı unutuyorum.

Duvarlara büyük işkencecilerimizin resimlerini asmak isterdim, onlara yükleyebileceğim korku kaynakları her an gözümün önünde bulunsun diye.

Somutlaştırmak için yatağımın başucuna bir ikon astım.

Bana doğru eğilip terden ıslanmış alnıma dokunuyor. "Yazsana bunu," diye mırıldanıyor. "Bu durumlara girmişken birkaç sayfa çıkarmamak yazık değil mi, Ajar?"

O yok ama. Hınç eksik olmasın diye başucumdaki masamda tuttuğum bir fotoğraftan başka bir şey değil. Pencerenin pervazında kana boğulmuş küçük leylak zorbalar kumrular gibi dem çekerek öpüşüyorlar.

Annie'yi sık sık yanı başımda buluyordum; ama bunun şiddetle karşı koyan ve beni geri götürmeye çalışan her günkü hikâyenin marifeti olduğunu biliyordum. Her günkü hikâye bana asılıyor, gözüme batıyor, gırtlağıma sarılıyor, yayın organıma yapışıyor, kaçma girişimlerimi engellemek için günde elli damla haloperidol yutturuyordu bana. Hiçbir kurbanla yetinip geri çekilmiyor, bomba atıyor, ağzında piposu, elinde makineli tüfeğiyle ceset yığınlarının üzerine kurulup oturuyordu. Her günkü hikâyenin adı Kalaşnikov'du ve cephanesi konusunda cimrilik etmiyordu. Ayrıca biyolojik savaş imkânı ve karşılıklı yok etme amacıyla Tanrı'ya ulaşmayı kolaylaştırmak için koruyucu ozon tabakasını ortadan kaldırma imkânları vardı.

Bu arada, ben de Pliyuç gibi SSCB düşmanı Sovyet psikiyatrlarının teşhisine göre gizlice 'reformcu, mesihçe eğilimler'e kapıldıysam da, insülin ve sakinleştirici koma tedavisi görmedim.

Doktor Christianssen gerçeklik dozlarını boşaltarak azaltmam için günde dokuz on saat yazmamı öğütlüyordu. Yazının benim için sağlıklı bir dışkılama olduğunu söylüyordu. Ben de dediğini yaptım. Azar azar öteki ilaçların hepsini kesti.

Dediklerini yapıyordum, çünkü bütün gönüllü göçmenler gizlice bir gün dönecekleri umudunu beslerler ve ne yazık ki en kararlı şizofrenlerin bile çoğunlukla geri dönmeyi kabul ettikleri bilinen bir gerçektir.

Yazıyordum. Yazıyorum. Metnin 77. sayfasındayım. Kuşkusuz, hile yapıyorum. Burada ne .....'den, ne .....'den, özellikle de .....'den söz etmiyorum, çünkü bu, tehlike anında kullanılacak çıkışları sürdüren ve tıkayan, kesinlik dediğimiz parmaklıkları pencerelerden kaldıran açık seçik, doğru bir dil olurdu.

Örneğin, kurbasanı ele alalım. Bu, temel bir organ nakli ve Sacco Vanzetti unsurudur ve hiçbir anlamı yoktur. Yani, umut var demektir. Gündelik, bildik anlam yokluğu söz konusu olduğu sürece bir umut ışığı var demektir.

Kitabımı bitireceğim, çünkü kelimeler arasındaki boşluklar bana bir şans tanıyor.

Biraz daha iyiydim. Dünya özel muhabirinin Kopenhag'a gelmediğini, benim de bunalımlar ve düşlemler içinde olduğumu öğrendim; bunun üzerine Madam Yvonne Baby'ye bir mektup yazıp onu boş yere rahatsız ettiğim için özür diledim.

Devlet adamları hastalığım ara sıra hâlâ beni yokluyordu. O zaman, yılda bir iki kez Doktor Christianssen'e tedaviye gelen ünlü bir yurttaşımı ziyarete gidiyordum. Eski bir bakandı, geçmişin adamı olarak hâlâ parlak bir geleceğe sahipti. Belirli aralıklarla kapıldığı korkulara Doktor Christianssen 'aybaşı' diyordu; böyle zamanlarda çürüyor ve çevresinde bir hareket olduğu an toza dönüşüyordu. Üstelik ona öyle geliyordu ki, her şey yıpranmış, boşalmış, içten kemirilmişti ve en ufak bir hava akımında her şey toz olacak, geride hiçlik kalacaktı. Portekiz'den sonra durumu iyice ciddileşmişti, çünkü gösteriden hiçbir şey anlamamıştı. Toz suyla karıştığı zaman çamur olduğundan banyo yapmamakta direniyordu. Dağılıp toz olmasın diye onun çevresinde ayak ucuna basa basa yürümek, soluğunu tutmak gerekiyordu. Böyle zamanlarında dediklerine kulak verilse, kendisine yaklaşılmasını önlemek için çevresine orduyu, polis birliklerini yerleştirmek gerekirdi. Hemşire onu teskin etmek ve toz olmayacağına inandırmak, kendini dayanıklı hissetmesine yardımcı olmak için mumya gibi sargılara dolamak zorundaydı. Ama bu buhranlar hiçbir zaman uzun sürmezdi, çünkü kamuoyu yoklamaları inandırıcılığı ve yutturma yeteneği konusunda onu teskin ederdi. Böylece gerçekten, somut olarak var olduğunu hissederdi. Adı Mösyö de Pussy; seçmenlerin ve kamuoyunun gözünde çok yakışıklıdır ve ekranda, iyi bir aydınlatmayla, canlılık kaynağı gibi görünür. Bir süre daha bu durumunu koruyacağa benzer. Onun da tek isteği bu zaten.

Onu her gördüğümde, korkutmak için hapşırmak gelir içimden. Ama hapşırırsam hiç vakit geçirmeden yerine bir eşini koyarlar, beni de yakalayıp Pliyuç gibi 'reformcu ve mesihçe eğilimler'e sahip olmakla suçlarlar.

Biliyor musunuz ki Oslo'da Norveç Akademisi, Barış Ödülü'nü vermek için kolsuz, bacaksız, zamanımızın tarihine hiçbir katkıda bulunmamış bir sağır dilsiz bulmak için araştırmalar yapmaktadır?

Mösyö de Pussy bizi -kendimden sık sık çoğul olarak söz ederim- müzeler ve şaheserlerle dolu, tam bir kıpırtısızlık içinde kabul ederdi. Çevresinde yığınla başka nesne olurdu, ama ben iyice sakinleştirilmiş olduğumdan korkmazdım. Bütün nesnelerin üzerime atlamaya hazır gizli kaplanlar olduğunu söylemiyorum. Söylemiyorum, çünkü ketum ve tedbirli olmaya karar verdim. Lot'a dönmek, dünyadan uzak olmak istiyorum. Orada, burada olduğumdan daha iyi hasta hissediyorum kendimi.

"Ah, Mösyö Ajar, galiba bize yeni bir kitap hazırlıyormuşsunuz."

*Bize,* düşünebiliyor musunuz? Ben lezzetli bir armudum ve sırf onların keyfi için yaşıyorum.

"Uzun süredir buradasınız, Mösyö Ajar..."

"Evet, yazıyorum. Ayrıca gözlemliyorum. Tedavi görüyorum da denebilir, ama normal olduğum için. Dışarıdayken normal davranışlarım dikkati çekiyor. Uyum sağlamayı öğrenmek için delilerin yanındayım. Böylece hiç değilse Paris'te sürücü ehliyetimi geri alırım."

Yine Madam Rosa'yla ilgili çalışmalar yapmıştım, çünkü ondan ayrılmak istemiyordum; *Onca Yoksulluk Varken*'den sonra beyin sklerozuyla benim için bir anne olmuştu. Yani onun yanında olabilmek için odasına çıkan altı kat merdiveni tırmanmış, soluk soluğa kalmıştım.

Nefes nefeseydim.

"Dikkat edin!" diye bağırdı Mösyö de Pussy. "Nefesinizi tutsanıza canım! Üzerime soluyorsunuz! Toz olup uçacağım!"

"Sizin yapınıza ve kurumlarınıza saygı göstermek zorunda değilim," dedim. "Kalıcı olması için nefesimi tutmayı da reddediyorum. Biz solcular nefes tüketerek her şeyi çökerteceğiz, bunu bilmeyen yok."

Alyette elini usulca omzuma koydu.

"Böyle sözler söyleme, Alex, korkutursun kendini."

Mösyö de Pussy afallamıştı.

"Siz solcu musunuz?" diye sordu büyük bir ilgi ve saygıyla, çünkü kendisi sağcıydı ve bu nedenle yardımıma ihtiyacı vardı.

"Politik değilim ben," dedim, "saltanat sürmüyorum ki".

Ayrıca insanlardan nefret de etmem. Şizofrenler arasında böyleleri bulunmaz. Hiç görülmemiştir. Onlar ne olmuşlarsa sevgiden olmuşlardır.

Nefret edemem, çünkü benim türümden lifsiz tekesakalları kimseden nefret edemez.

İnsanca düşüncelerim beni öyle coşturmuştu ki, Mösyö de Pussy toz bulutları çıkarmaya başladı. Açık seçik görüyordum toz bulutlarını, bu da sandığımdan daha deli olduğunu gösteriyordu.

"Özür dilerim," dedim, çünkü onlara asla karşı çıkmamak gerekir.

Konuyu değiştirmek için ekledim:

"Birleşmiş Milletler bir bok yılı ilan edecekmiş, Yahudileri dışlayarak elbette."

Yüzünde, 'her şeyi anladım' demeye gelen bir ifade belirdi.

"Demek nihilistsiniz," dedi.

Karşı çıkmadım. Yanlıştı hiç kuşkusuz, uydurmaydı, dolayısıyla beni gizliyordu.

"Özür dilerim, ama kolunuzda soykırımlar var," deyip elimi uzattım, sanki dokunacakmış gibi.

"Ellemeyin!" diye bağırdı; buhran doruk noktasında olmalıydı, çünkü yine paranoyak toz bulutları kaldırmaya koyulmuştu. "Dokunmayın bana!"

"Bu bir şey değil, daha oyun başlamadı," dedim, müthiş bir acımasızlıkla; benden daha çok korkan birini görmek olağanüstüydü, rahatlatıcıydı.

"İmdat!" diye mırıldandı; mırıldanmakla haykırmanın aynı şey olduğunu biliyordu.

"İneklere ölüm!" diye önerdim, her şeyi sığırların sırtına yükleyip onurumu kurtarmak için.

"Ben ömrümde Uganda'ya ayak basmadım!" dedi. Doğru da söylüyordu; neye yarar ki, her yerde durum aynı.

"Bunu size kahvaltıda sunarlar!" diye söz verdim; artık bu noktaya gelindiğinde kıyameti papatyadan ayıramaz insan.

Tam o sırada, odanın bir köşesinde, bizden biraz uzakta neler olduğunu fark ettim. Nini Ajar'ı becermeye çalışıyordu. Nini, adından da anlaşılacağı gibi, kendinin yer almadığı edebî bir eserin var olmasına dayanamaz. Umut hasta eder onu. Nini öteden beri ve giderek artan biçimde, bütün eserleri hiçlik, başarısızlık, umutsuzlukla damgalamak için her yazarı, her yaratıcıyı becermeye çalışmıştır. Terbiyeli kimseler arasında Nihilette dedirtir kendine, Çekçe *nihil, nihilizm* kelimelerinden yola çıkarak, ama biz ona Nini deriz, büyük harfle Nini, çünkü küçültülmekten nefret eder. Şu anda halının üzerinde Ajar'a kendini tohumlatmaya çalışıyordu; daha sonra ona hiçlik çocukları doğurmak için.

Ajar kendini aslanlar gibi savunmaktaydı. Ama insan Nini'yle her zaman kendini koyverme dürtüsü duyar, ruhsuz ve vicdansız huzurun bulunduğu hiçliğin dibine varabilmek için. Ajar'ın yakasını sıyırmasının tek yolu, yokluğunu, balon ve 'mış gibi' durumunu, Nini'nin onu kirletmesine layık bir insanlık durumunda kesinlikle bulunmadığını iyice kanıtlamaktı; çünkü hiçlik, teknik nedenler yüzünden asla hiçlikle düzüşemez. Ya da tam tersine, savaş alanında gerçek ve korunaklı bir yer bulmalıydı; korkusuz ve kusursuz Şövalye Bayard, eli maşalı Nini'ye karşı; her tür boşluk ve çukurdan korunmuş bir yer olmalıydı, çünkü Nini boşluklarda, çukurlarda saklanıp yumurtluyor ve böylece yumurtalar her şeyi hiççi çürümeleriyle kaplıyorlardı. Annie'nin elini tutmuştum, tıpkı bugüne kadar kimselerin ayıramadığı, en eski, beylik sevgililer gibi. Ben birbirini sevenleri düşünüyordum, Nini de korkunç kasılmalarla yerde kıvranıyor, ölümde hep gelecek bir hayatın varlığını haber veren o ünlü karanlık, çınlayan sarnıçta çukuru bulamıyordu.

Bir kez daha paçayı sıyırmıştım. Bu sonuncu değildi. Hayatla ölüm arasındaki kavga edebî süreçler kavgasıdır.

Sinirliydim; Macoute dayı artık beni görmeye gelmiyor, telefon etmiyor, ilgisizliğiyle Paris'ten işkence ediyordu bana. Bu konuyu Annie'ye açıyordum, ama Lot'un kızıydı o, çok sağlam aile köklerine sahipti.

"İşi çoktur."

"İşinin başından aşkın olduğunu biliyorum. İşi de kendisi. Eskisi gibi yine Direniş yapabilir biraz, değil mi? Tam zamanıdır. Ama sesi bile çıkmıyor. Çatlayacağım."

"Seni çok seviyor."

"Ne demezsin! Benimle ne alıp veremediği var, anlamıyorum."

"Hiçbir alıp veremediği yok."

"Evet, umrunda değilim."

"Onu her gördüğünde inekçe sözler söylüyorsun."

"Hep tersten konuşmaya çalışıyorum, belki gerçek bir şeyler söylemeyi beceririm diye."

"Ama o bunu çok iyi anlıyor, edebî bir eser yaratman konusunda seni hep destekledi..."

Hapı yutmuşu yutmuşuna, edebiyatı edebiyatına tekrarladım:

"Gerçek bir şeyler söyleyebilmek için tersten konuşuyorum..."

"Evet ama, o tersten konuşmadığına göre, üstelik de tersin düze denk olduğunu düşündüğüne göre, anlaşmanız gerekir. Sen tersten, o da düzden konuşuyorsanız, gerçekten anlamıyorum, sizi ayıran nedir, farkınız ne, anlaşmanızı engelleyen nedir..."

"Ondan beni anlamasını istemiyorum ki, tam tersine. Bunu kimseden istemiyorum. Bir bu eksikti. Bana böyle iğrenç şeyler söylemenin ne gereği var?"

"Peki, ne istiyorsun ondan?"

"Hiçbir şey."

Yanlıştı söylediğim, ama inandırıcı olacak kadar değil. Gülümsedi.

"İkiniz de güldürüyorsunuz beni. Baba oğul gibisiniz."

İşte orada patladım.

"Tanrı aşkına, böyle saçmalamana izin veremem!"

"Saçmalamama izin vermemen bir işe yaramaz. Kadınlar yılı bu yıl. Sizinle aynı haklara sahibiz."

"O herif gerçekten babam olsaydı, hiçbir özrü olmayan alçağın teki olurdu. İnsana bu yapılır mı?"

"Ne? Ne yaptı sana?"

"Hiçbir şey. Biliyorum. Beni dünyaya getirmedi ve ben on iki yaşındayken evlat edinmedi. Kendini suçlayabileceği hiçbir şey yapmadı. İşte bunu biraz fazla hissettiriyor bana. Kusursuz olduğunu. Kusursuzluk diye bir şey olamaz oysa. Aslında aşağılık herifin teki o. Kusursuz adamlar, kendilerini tanımayanlardır."

"Kendini tanımadığını sanmıyorum. Hep biraz hüzünlü, ya da biraz alaylı durur."

"Alaylı mı, 1975'te ha? İyice aşağılık olmalı o zaman."

"1976'dayız."

"Fark etmez. Aynı tıkanma var gene de."

"Başlama yine, Paul. Kedi yavrusu öldü. Diriltemeyiz onu. Ne sen, ne o, ne de başkası."

Sustum. Haklıydı. Bütün kedi yavruları büyüdükleri için ölürler.

Doktor Christianssen'den beklenmedik bir şey öğrendim. Macoute dayının niçin Kopenhag'daki kliniğe detoksa geldiğini öğrendim.

Purolar yüzünden değilmiş.

Artık yazmamayı becerebilmek içinmiş.

Afallamıştım. Sanırım ömrümün en küçük şaşkınlıklarından birini geçirdim. Yanılmıştım. Kendini sergilemek isteyen bir edebiyat orospusu, Don Juan'ı değildi demek. Gerçekten var olmak için savaşıyordu. Benim gibi yürekten istiyordu. Ütopyanın sonunu istiyordu.

Biraz daha savundum kendimi. Annie'ye dedim ki:

"Esrara, uyuşturucuya, alkole olan şu horgörüsü yok mu... Ne pahasına olursa olsun, farklı, kendinden ayrı hissetmek istemiyor kendini... Egomani bu. Alkol ya da uyuşturucu onu farklılaştırır, anlıyor musun, bir başkası olur, bunu da kesinlikle kabul edemez... Kendisine âşık o, her türlü ayrılıktan da kaçınıyor."

"İlişkinizi hiçbir zaman anlamadım zaten," dedi Annie. "Ensest gibi bir şey bu."

Ara sıra oldukça korkunç bunalımlara giriyordum hâlâ. Doktor Christianssen bunun bunalım değil kaygı olduğunu söylüyor, ama sanırım beni teskin etmek için öyle diyor. Ben bunalıma girince Alyette kalkıp iskemleleri, masayı, duvarları okşuyor, beni sakinleştirmeye, onların her günkü hikâyeler, cici köpekler olduğunu ve beni boğazlamak için üzerime atlamayacaklarını göstermeye çalışıyordu.

İskemlelerden özellikle korkuyorum, çünkü biçimleri bir insan yokluğunu çağrıştırıyor.

Ertesi sabah, hasta kişiliğim yüzünden, benim katkım olmadan saplantıya dönüşen en büyük hayalim bütün korkunçluğuyla ansızın gerçekleşti.

Yayıncım Paris'ten aradı beni.

"Ajar, size iyi bir haberim var. Dünya özel muhabiri Yvonne Baby sizinle görüşmek için Kopenhag'a geliyor."

Anlamam biraz zaman aldı.

"Kopenhag'a mı? Ama ben Brezilya'da olduğumu sanıyordum. Gazetelerde kendi gözlerimle okudum."

"Bakın, Ajar, Brezilya çok uzak, çok pahalıya patlar. İkiniz de orada olmadığınıza göre Yvonne Baby'nin kalkıp Brezilya'ya gitmesine gerek yok."

Avazım çıktığı kadar bağırdım, çünkü kurmaca bir edebî eserde kahramanın kararlı ve kusursuz olması çok önemlidir:

"Kabul etmiyorum! Hasta mısınız siz kuzum? Benimle görüşmek için psikiyatri kliniğine mi gelecek? Bunun ne demek olduğunu anlamıyor musunuz?"

"Dinleyin beni, sevgili Émile, aptal numarası yaptığınız yeter. Dediğiniz gibi 'psikiyatrik' değil, *politiksiniz* siz."

"Politik ha? *Ben* mi?"

"Tamam, kesin artık. 'Psikiyatrik' değilsiniz. *Politiksiniz.* Merkezî Haberalma'da dosyanız var. Orada yazılı. *Dört yaşındayken bir kedi yavrusunu öldürmüşsünüz.*"

Az kalsın bayılıyordum. *Biliyorlardı.*

Auschwitz, cinayetler, sefalet, korku, Pinochet, Pliyuç değildi; kedi yavrusuydu.

Psikanalistler bazen gerçekten iğrenç oluyorlar.

"Onunla görüşmek istemiyorum!"

"Pekâlâ, ama Paris'te aşağı yukarı herkesin dilinde dolaşan bir dedikoduyu söylemeliyim size."

"Nedir?"

"Kitabınızı sizin değil, bir başkasının yazdığı ya da yazmanıza yardım ettiği söyleniyor."

Yayın organıma indirilen korkunç bir darbeydi bu. Çöktüm, gerçekten çöktüm, parçalandım, toparlandım; korkunç bir yaralanma, öfke ve korku çığlığı attım...

*"Ben değil ha? Ben değil ha? Ben değil ha? Kim o zaman?"*

"Aragon. Queneau. Sizin var olmadığınız bile söyleniyor."

Boğuluyordum. Yazarlık özsaygım öylesine zedelenmişti ki, onurumu kurtarmak için hiç çekinmeden yüz kedi yavrusu öldürebilirdim.

"Peki, gelsin bakalım gazeteci. Gerekirse havaalanında çiçeklerle karşılarım."

"Abartmayın. Rolünüze bağlı kalmalısınız, Ajar."

"Hangi role?"

"Sizin rolünüze."

Bilmem neden, ansızın gerçek bir umutsuzluk içinde Macoute dayıyı düşündüm. Haiti'de gücü her şeye yeten büyücüler vardır. Ünlüdürler. İnsanı ânında toz ederler.

"Şimdiden bir efsane sayılırsınız, Ajar."

"Ne efsanesi?"

"Biraz esrarengiz, yasadışı bir yanınız var, belki terörist, geçimsiz, it, pezevenk. Bir efsanesiniz, bunu korumanız gerek. Yazar reklamı deniyor buna. Satın alınamıyor, ama gerçekten iyi sattırıyor."

Bir yerlerde şöyle dediğimi duydum, ses çok uzaktan geliyordu, belki de konuşan başkasıydı:

"Haiti'de, Macoute dayıların ülkesinde gücü her şeye yeten büyücüler uzaktan, alçakça büyülerle, mesela hep kendiniz ve savunmasız olduğunuz bir fotoğrafın üzerinde yayın organınıza bir iğne saplayarak sizi istedikleri biçime sokarlar."

Yine çok uzaktan, sanki Haiti'den şöyle dediğini de duydum kendi sesimin:

"Satışlar nasıl gidiyor? Kaç kitap satıldı?"

"Otuz bin," dedi, biraz hayal kırıklığına uğradım; ne yani, haksız mıyım?

O gece Tunus'ta çiçek açan bir portakal ağacıydım. Çiçek açan, ama ilke olarak meyve vermeyen bir portakal ağacı olmayı hep istedim.

Elimden geldiğince kendimi savunuyordum. En çok sevdiğim yazar Hans Christian Andersen'dir.

Ama tek başıma kendimi savunacak güçte olmadığımı bildiğimden, bir avukat tutmuştum; ân meselesi olduğunu biliyordum; gerçi ne olacağını bilmiyordum, ama yapılabilecek suçlamalar o kadar bol ki. Avukat olarak Üstat Fernand Bossat'yı seçmiştim, onunla hiç tanışmadığım için bende güven uyandırıyordu, ama Üstat Bossat'dan ayrılmak zorunda kaldım, çünkü benim hiçbir şeyle suçlanmadığımı söylüyordu. Tanıdığım en namuslu, dürüst insanlardan biriydi; benim gibi yamuk birinin onun yanına bile yaklaşmaması gerekiyordu.

Bir başka avukat tuttum, sonra yine bir başkasını; ama hepsi vazgeçiyordu. Kimse savunmamı üzerine almak istemiyordu. Bazıları var olmadığımdan emindiler ve ücretlerini alamazlar diye korkuyorlardı. Bazıları var olduğumu biliyorlar ve avukata değil, psikiyatra ihtiyacım olduğunu söylüyorlardı. Kedi yavrusu öykülerimle her türlü sınırın ötesinde sıkıyordum canlarını.

Hatta bir tanesi savunulacak bir durumum olmadığını, parmakizlerimin toplumun her yanına bulaşmış olduğunu söylemişti.

Madam Yvonne Baby ertesi sabah gelecekti. Karanlıkta uzanmış yatıyor, ne halt edeceğimi bilemiyordum. Kendimi köşeye sıkıştırılmış, keşfedilmiş, öyle bir gerçeklik içinde yakalanmış hissediyordum ki, beni bin parçaya bölecek olan kılıçların vınlamalarını her yanda duyuyordum. Gerçeklik ortada kol geziyordu, sonunda da ölümlülük vardı. Bir ara ölümden kaçmaya çalışırken yirmi tane sahte kimlik çıkartmıştım kendime.

Tanınmak istemiyordum. Bilinmedik bir kır yerinin bilinmedik bir köşesinde bilinmedik bir kadınla bilinmedik bir hayat, bilinmedik bir aşk, daha da bilinmedik bir aile, çevremde yine bilinmedik insanlar ve belki bu insanların kurabileceği hiç bilinmedik bir dünyaydı istediğim.

Bunları yazarken korkuyorum. Sayın İçişleri Bakanı'ndan korkuyorum. Bütün içişleri bakanları sonunda insanın kendinde, içinde taht kurar.

Sabah saat sekizde yeni avukatım beni Paris'ten aradı.

"Yayıncınızın söylediğine göre dünyaya röportaj verecekmişsiniz."

"Evet."

"Tanınmak istemediğinizi sanıyordum."

"Ben de."

Sert konuştu:

"Ajar, müphemsiniz."

"Müphem değilim. Kalıtımsalım, yani yazarlarımdan kaçmak için çelişkili davranıyorum. Zaten genlerden kaçamıyoruz, bu kadarı yeter. Gazetelerde benim ortak bir eser olduğumu okumadınız mı?"

"Tanınmak istiyor musunuz, istemiyor musunuz?"

"İstemiyorum!" diye bağırdım. "Kesinlikle istemiyorum! Ama kendimi tanıtmazsam kitaplarımı başkasının yazdığını söylemeye devam edecekler. Buna dayanamam!"

"Polis peşinize düşecek! Unutmayın ki Fransa'yla Danimarka arasında suçluların ülkelerine iade edilmesi konusunda anlaşma var!"

Soğuk terler dökmeye başladım. Bu adama neler anlattığımı hiç hatırlamıyordum, ama belki de doğruydu.

Ölü gibiydim. İstediğim kadar yalan söyleyeyim, numara yapıyormuş numarası yapayım, suçlu benim. Her zaman suçlu benim. Bu konuda en küçük bir kuşkuya yer yok. Kanıtları var. Parmakizleri var. Binlerce yıldan bu yana.

"Dinleyin Üstat, o kedi yavrusunu öldürdüğümde dört yaşındaydım. Otuz yıl önceydi. Hâlâ dosyamda kayıtlı olamaz. Zamanaşımı diye bir şey yok mu canım? Ayrıca yemin ederim ki artık hemen hiç otuzbir çekmiyorum."

"Ajar, kendinize yeni bir avukat bulun. Ben vazgeçiyorum bu işten. Bana bombayı Drugstore'a sizin attığınızı, yaşlılara otuz iki saldırı düzenlediğinizi, asıl adınızın Hamil Raja olduğunu, babası bilinmeyen bebekleri kürtajla aldığınızı, pezevenk olduğunuzu, gizli polis olduğunuzu, Ben Barka olduğunuzu, CIA'den, KGB'den olduğunuzu söylemiştiniz. Yani şu kedi yavrusuyla kafa ütülemeyin. Atom bombası da sizin işiniz miydi yoksa?"

"Evet, benim işimdi," diye kesin karşılık verdim, çünkü bu konuda kuşkuya yer yoktu. Ağzı köpürerek avaz avaz haykırmaya başladı bunun üzerine, öyle ki, Paris'ten Kopenhag'a telefonla yüzümü tükürük içinde bırakmayı başardı.

Madam Yvonne Baby'nin öğlen gelmesi gerekiyordu. Sabahın onunda Macoute dayı telefon etti.

"Şimdi de *Le Monde*'dan gazetecilerle mi görüşüyorsun?"

"Ne var yani? Bir sen mi görüşeceksin?"

"Her neyse, rica ederim, benim... yeğenim olduğunu söyleme."

Yeğen demeden önce hep duraksar. Çünkü kuzininin oğlu insanın tam olarak neyi olur? Ya da...

"Niçin? Benden utanıyor musun?"

"Senin açından iyi olmaz. Sana yardım ettiğimi yazarlar."

Megaloman! Hem de nasıl megaloman! Gülemedim bile, *hork* diye bir ses çıkarmışım.

Ondan sonra hiç gülmedim artık. Hafıza boşlukları oluşturuyorum, beyin sağlığı için; ama bazen olmuyor. İkinci kitabımı yazdığımda çok hoşuma giden bir ad bulmuştum: *La Tendresse des Pierres*. Bir akşam, niçin hatırlamıyorum, Macoute dayı odama çıkmıştı. Ara sıra nezaket gereği şöyle bir uğrar bana. Kitabı gördü.

"Evet, bitirdim."

"Adını koydun mu?"

"*La Tendresse des Pierres*."

Afalladı. Tam anlamıyla afalladı. Bir şey geçti aklından. Sonra gülümsedi. Alaylı. Kötü bir şey olacağını tahmin etmeliydim.

"Çok, çok güzel bir ad," dedi üsteleyerek.

Sonra da gitti.

Kitap baskıya girdi. Provalar hazırdı. Kapak da öyle. Kitabın kapağında sevecenliği ve taşları hâlâ görebilirsiniz...

Ben Caniac'taydım, rahatım yerindeydi. Sonra pencereden Rover'ini gördüm. Çıktım, el sıkışık, hatta ailenin anısına Rus usulü kucaklaştık. Onun annesi de benimki de Rus'tu. Hiç değilse bu yanımız ortaktı.

Suratsızdı.

"Ben İspanya'ya gidiyorum..."

İspanya'da güzel bir evi vardır, on yıl süresince bir kez Annie'yle beni de çağırdı.

"Kendi kendime yolumu uzatıp buradan geçeyim dedim."

Yemek yiyorduk.

"Kitap basıldı mı?"

"Evet."

"Kapağı?"

"André François'nın çok güzel bir resmi var kapakta."

Burnu neredeyse salatanın içindeydi.

"Adı hâlâ aynı mı?"

"Elbette. *La Tendresse des Pierres.*"

"Bak Paul, bilip bilmediğini bilmiyorum... Benim için fark etmez... Ama bu ad benim kitaplarımın birinde geçiyor."

Yüzüne baktım.

"Bu adda kitap yazmadın sen."

"Hayır, ama romanlarımdan birinde genç bir Amerikalı kadın, *La Tendresse des Pierres* diye bir roman yazıyor..."

Bütün kitapları vardır bende. Sanırım kalkarken bir iskemleyi ya da içeride bir şeyi devirdim; koşarak bakmaya gittim. Evet, işte. Sayfa 81. *La Tendresse des Pierres.* Üstelik de alay eder gibi: Romanı yazan kız kaçıktı.

Dışarı koştum, hemen otomobilime binip Madam Gallimard'a telefon etmek için Labastide-Murat'ya gittim.

"Kitabın adı değişecek. Kesinlikle istemiyorum bu adı."

"Ama kapak ba..."

"Biliyorum, biliyorum."

Rezil herif, beni 'uyarmak' için çok geç olmasını beklemişti. *Kendi* etkisinin kitabımın kapağına damgasını vurmasını istiyordu. Tefe koyuyordu beni!

"Bakın Madam Gallimard, adını değiştirmezseniz ölürüm."

"Peki."

"Nasıl peki? Ölmem umurunuzda değil mi? Bir yazar eksilmiş olur, öyle mi? Bunu mu demek istiyorsunuz?"

"Tamam, olur, demek istiyorum, değiştiririz adını. Niçin ama?"

"Bomboş bir ad bu. Uydurma. Ucuz. Özenti..."

"Ne olsun adı?"

Düşündüm. Ama artık kendimi tehlikeye atmak istemiyordum. Haitili büyücüler çok güçlüdür, Macoute dayı belki de çaktırmadan içeriye sızmıştı. Yine kendi düşüncesini yutturabilirdi bana. Bilinçaltı Macoute dayılarla doludur. En rahat ettikleri yer bilinçaltıdır onların.

"Adını siz seçin. Ben bilmek istemiyorum."

Ben eve döndüğümde gitmişti. Annie olmasaydı, gerçekten gelmiş miydi, diye merak edecektim. Belki bilinçaltım -nasıl olduysa- kurtarmıştı beni.

Sonra bir şeyi hatırladım: *La Tendresse des Pierres* adını bana o önermişti. Bilerek. Damgasını basmak için. Manevi bir oğlu olsun diye. Benim saygınlığımı lekelemek için.

Bilmeden bir kitap adı aşıracak kadar etkilenmemiştim onun kitaplarından. Kendisi önermişti bu adı.

Annie bunun doğru olmadığını söyledi. Hiç böyle bir ad önermemiş. Lot'lu kızcağız Haitili büyücülerin şeytanca kurnazlıklarından habersizdi tabii.

Ruhsallık, tanıdığım en başarılı Haiti büyücüsüdür.

Zaten kitaplardan birinde kendi edebî etkisinin izlerini bulmuştu. İki kitabımdan birinde, bir paket mavi Gauloises sigarası vardı. Onun kitaplarından birinde de. O, 'piton' ve 'fil' kelimelerini kullanmıştı; ben de öyle. 'Ah Tanrım' ve 'ağzının tadını bilir' deyişlerini kullanmıştı; ben de öyle. Ben her iki kitabımda da 'of' ve 'edebiyat' kelimelerini kullanmıştım; o da öyle. Alfabenin aynı harflerini kullanıyoruz ikimiz de. Etkisi altında kalmıştım anlayacağınız.

Telefonda konuşurken, Madam Yvonne Baby'ye yeğeni olduğumu söylememememi rica ettiğinde, önce *yalan söylememe engel olmak* istiyor sanmıştım. Belki bir kez olsun gerçekten utanmıştı. Zaten Doktor Christianssen kesinlikle söyledi: Bir kuzinle kurulan ilişki, kan bağı olan bir akrabayla ilişki sayılmaz. Kanbağı açısından bir sakınca bulunamazdı. Utanacak bir şeyi yoktu.

"Adından söz etmeyeceğim, merak etme."

"Bunu senin iyiliğin için söylüyorum. Aslında er veya geç ortaya çıkacak. Ama şimdilik kimin etkisi altında olduğunu pek araştırmasalar daha iyi olur."

İşte bunun üzerine çok güldüm. Acayip güldüm.

"Etki falan yok ki. Hiçbir zaman da olmadı. Sen her zaman uzakta durmayı başardın."

Telefonu vedalaşmadan kapadık.

Saat onda Doktor Christianssen'i görmeye gittim. Bir yığın sakinleştirici verdi, Danimarka sakinleştiricileri ötekilerden daha sakinleştirici oluyor.

Size söylemeyi unuttum, Doktor Christianssen 1975 Aralığında Addis Ababa'nın doksan kilometre uzağında, tifüs salgını olan bir köye yardım yetiştirirken tifüsten öldü.

Doğru değil bu, ama onun gerçekten çok iyi bir adam olduğunu anlamanız ve ona duyduğum hayranlığı sizin de duymanız için öyle söyledim.

Naziler Danimarka'daki Yahudiler'in -Yahudiler her yerdedir- sarı yıldız takmalarını buyurduğunda kral Christian bizzat bir sarı yıldız takıp Kopenhag'ı boydan boya at üstünde geçeceğini bildirmiş kendilerine.

Kopenhag'da tedavi görmemin nedenlerinden biri de bu.

Madam Yvonne Baby geldiğinde bütün ailem yanımdaydı. Karadağlı olan babam, Nice'te, bir kahkaha tufanının iç kanamaya yol açması sonucu ölmüştü. Bana oynadığı oyunu düşünüp gülüyor olmalıydı. Düşünebileceğiniz en yüksek, en korkunç kahkahaları atan bir adamdı; çünkü aldırmadığını göstermek için kahkahanın bütün gücüne ihtiyacı vardı. Keldi. Ayrıca, günde otuz aperitif içerdi, gerisi de caba. Aperitiflerden sonra her şeyi içebilirdi. Ardından, hepsini sindirmek için dijestiflere geçerdi. Sonra, gülmekten patladığı zamanlar ben koşarak kaçardım, çünkü onun her şeyi tersti. Önce gökgürültüsü gelir, arkasından şimşek çakardı. Annem de dünya özel muhabirini karşılamak üzere bizimleydi, ama burada ondan söz etmeme gerek yok, onu yeterince kullandım.

Annie kılığına girmiş olan Alyette de yanımızdaydı, hatta iyice gerçek olsun diye bize kahve bile pişirdi. Ajar da vardı, bir yetmiş dört boyunda bir hanımböceğine benziyordu ve yangın çıkışını arıyordu. Kırmızı yangın söndürücüler ve alarm düdükleri de vardı. Madam Simone Gallimard da gerçekliğe katkıda bulunuyordu, çünkü yayıncımın önünde annemi son nefesine, son çığlığına kadar sömürdüğümü ve bundan bir kitap çıkardığımı inkâr etmem zordu. Dört dörtlük bir yazar olduğumu kimse inkâr edemezdi artık.

Annemin babası bir Kazak deviydi, Kursk kenti itfaiyecisi kılığındaki fotoğrafını hâlâ saklarım. Onunkine benzer bıyık bıraktım ve yangın söndürücülerine hep bir düşkünlüğüm oldu.

Dedem İlya iflah olmaz bir kumarbazdı. Ömrü iskambil kâğıtları, rulet masası ve akla gelebilecek her tür kumarla geçmiş, ölmeden kısa bir süre önce bütün bu oyunların bir listesini hazırlamıştı. Annemin bana anlattığına göre, yarı felçli durumdayken günlerini bu listeyi defalarca okumakla geçirir, *otchko* -göz-, 21 gibi büyülü oyun adlarını söyleyerek biraz daha keyiflenmeye çalışırmış, son sözleri de, haliyle, "Oyun kapanmıştır beyler," olmuş. Zamanında Vilna'da önemli bir petrol şirketinin müdürüymüş, şirketin parasını Baltık kıyısındaki Zopot'ta, rulette kaybetmiş. Ama ailemizin üyeleri birbirini çok tuttuğundan hemen yardımına koşmuşlar, çünkü böyle bir ayıbı kabullenmek söz konusu olamazmış. İki erkek, dört de kız kardeş -Macoute dayının annesi de aralarında- hep birlikte ailenin yüzkarasına yardıma koşmuşlar. Bir gece yarısı, hepsi onun evinde toplanmış, onu kıskıvrak bağlayıp kasayı da açarak olaya hırsızlık süsü verdikten sonra pencereden çıkıp bahçeden kaçmışlar. Onurun ne demek olduğunu iyi biliyorlarmış.

İlya dede hakkında soruşturma açılmamış, ama petrol şirketi kanıt olmadığı halde onu işten kovmuş. Bunun üzerine dedem Almanya'ya yerleşip dünyaya meydan okuyarak Berlin'de kaçak bir oyun salonu açmış ve kazandığı çok büyük paraları hiç vakit kaybetmeden gidip başka kaçak oyun salonlarında kaybetmiş. Son derece dinine bağlı bir Yahudi kadınla evliymiş, kadına çok çektirmiş, çünkü karısını havrada kendisi için de dua etmekle suçlarmış, bu da şansı küplere bindirirmiş; kumar dince çok kötü görüldüğünden şans kesinlikle günahın yanındaymış. İlya dede borçlarını ödemek üzere karşılıksız çek verdiği için Almanya'dan sınır dışı edilmiş; borçlarını hep ödermiş, onun için bir ilke sorunuymuş bu. Biraz parayla Monte Carlo'ya gidip iyi bir oyun kurmuş: Nice'te bir kuyumcu dükkânı varmış, rulette ne zaman varını yoğunu kaybetse dükkânı kundaklayıp sigortadan para alırmış. Oyun iyi para getiriyormuş, ama ikinci kundaklamada -Buffa Sokağı'ndaki *Mascotte* kuyumcusu- öyle güzel bir yangın çıkarmış ki boğularak ölmesine ramak kalmış. Bundan sonra biriyle ortak olmuş. Ama üçüncü yangında, sigorta kuşku buhranı geçirmiş, buna bir de 1929 büyük buhranı eklenince İlya dedenin kumar oynayacak parası kalmamış. Bunun üzerine kızı, annem, yine Nice'te, France Sokağı'nda *Au Rubis* diye bir kuyumcu dükkânı açmış. Ama sigortadan para almak için asla dükkânı kundaklamamış, babasının etkisiyle son derece dürüst yetişmiş bir kadınmış çünkü. Babasına günde on Frank kumar parası verirmiş.

İlya dede, kumar oynayamadığı zamanlarda Rusça psikolojik dramlar yazar, bunları karısına zorla yüksek sesle okuturmuş. Büyükannem de böylelikle dinine iyice bağlanmış, okuması biter bitmez havraya gidip dua edermiş. Dedem Nice'te bulunduğu süre içinde Rusça elli üç psikolojik dram yazmış; bunlar Rusya'ya döndüğünde, Bolşevikler ortadan yok olduktan sonra -ki bu da ân meselesiymiş- onu üne kavuşturacakmış. O dönemde Nice'e göçmüş bütün Beyaz Ruslar ve Paris'teki bütün Beyaz Rus taksi şoförleri -sayıları iki bini aşkındı- bugün Soljenitsin'in sahip olduğu görüşlere sahiptiler, ama o dönemde gericiydiler. Dedem, karısından nefret edermiş; Yahudi olduğu için değil ama -Kazak olduğu halde Yahudi düşmanı değilmiş- karısına acı çektirdiği için nefret edermiş. Çektirdikçe hınçlanırmış. Psikoloji böyle gerektirdiği için.

Dedem İlya Ossipoviç'in yazdığı elli üç dramı sık sık hatırlar, dahice olduklarını düşünürüm, onun hoşuna gideceğini bildiğim için. Onu hiç görmedim, bu yüzden de çok severim. Bana sorarsanız, kumarı kaybetmek için oynuyordu, çünkü dramsız yaşayamıyordu.

Dedem tam anlamıyla kelmiş, babam da öyleydi, oysa biri Karadağlı bir Yugoslav, öteki Kursklu bir Rus'tu. Benim saçlarım çok gürdür; bu da insanın kalıtımdan kaçabileceğini kanıtlar.

Ana tarafımdan ailemin bütün üyeleri dram tutkunuydu. Dedemin kız kardeşlerinden biri on yedi yaşında evlenmiş ve zifaf gecesi kocasından frengi kapmış. Kadın çıldırmış. Bir başka kız kardeşinin, Olga'nınsa bir Kazak ırzına geçmiş, tıpkı Babel'in *Kızıl Süvari*'sinde olduğu gibi. Ruslar hep dramdan hoşlanmışlardır. Bu nedenle de, soyumuzdan kalanlar 1943'te gaz odalarında buldular kendilerini.

Bağırdığım için kusura bakmayın, sesim çıkmıyor da ondan.

Annemin dramı da namusluluktu. Belki de bu, dramların en büyüğü, çünkü insana pek fırsat bırakmıyor.

Kanıtlayabilirim bunu. Annem namuslu bir hayat yaşamış, namusuyla üç çocuk yetiştirmişti. Namussuzca öldü, ağır bir beyin sklerozundan, arada bir bilincini bütünüyle bularak, daha da çok acı çeksin diye.

Annem yirmi yaşındayken göğsüne tabancayı dayayıp tetiği çekmiş. Nice'teki Profesör Kojine kurtarmış onu, ben de böylece doğmuşum. Annem beni de ıskalamış ateş ederken.

Annemin kime âşık olduğunu ve niçin kalbine ateş ettiğini bilmiyorum. Ancak tahmin edebiliyorum.

Macoute dayı küçük bir aylık bağlamıştı anneme. Bunu söylemek zorunda hissediyorum kendimi.

Annemin bir resmi var onda, yirmi yaşındayken çekilmiş. Bunu da söylemek zorunda hissediyorum kendimi. Fotoğraf General de Gaulle'ün fotoğrafıyla yan yana duruyor. Pes doğrusu.

Babam Scribe ve Continental Otelleri müdürlüğü yapmıştı. Hâlâ Nice'te bana saygıyla bakan adamlarla karşılaşıyorum, babam dillere destan bir içkici olduğu için. Kimse onu sarhoş görmemiş. On dokuz yaşındayken güne yarım şişe slivoviçle başlarmış.

Annemi beş parasız, ama ardında bir efsaneyle bırakmış.

Gazeteler Emile Ajar'ın var olmadığını, bir 'uydurma' olduğunu yazmakta haklıydılar. Yemin ederim size, acayip uyduruldum, süslenip püslendim ben.

Hepimiz çaktırmadan yapılmış çocuklarız, hiçbirimizin olaydan haberi olmamış.

Madam Yvonne Baby sordu:

"Ajarca yazmak nereden aklınıza geldi?"

Bu fikir bana gelmedi. Verdiler onu bana. Üstelik karşılıksız.

Nice Lisesi'nde bir arkadaşım vardı, annesi akıl hastanesindeydi. Babası da alkolikti.

Arkadaşlar ona Gégène derdi.

Bana gelince, liseyi Toulouse'da bitirdim.

Gégène. Vermot almanağı hani.

İşte böylece, Ajarca yazma fikrini bir arkadaştan çaldım.

Bir akşam, annem karton bir kutuya birkaç mücevher ve bir yığın saat tıktı –*Au Rubis* aynı zamanda saatçiydi; beni görmek için Nice'ten Paris'e yürüyerek yola çıktı.

Onu kırlarda, sapa yollarda, konuşamayacak halde buldular.

Ondan sonra bir buçuk yıl daha sürdü böyle, gidip gelerek.

Bana derdi ki:

"Sen de yazar olacaksın, tıpkı..."

Belki de tıpkı 'dayın' gibi derdi, pek hatırlamıyorum.

Annem Björko'da huzur içinde yaşayan altmış dört yaşında Danimarkalı bir hanımdır; cici köpekler besler, çiçekler yetiştirir. Saçları bembeyazdır, hep güler. Günde birkaç kez onu görmeye giderim, özellikle Kopenhag'da olduğumdan bu yana. Babam da Danimarkalıdır, Doktor Christianssen'in uzak bir akrabasıdır. Sanıyorum benim gerçek babam Doktor Christianssen ve galiba ben de Danimarkalı'yım. Danimarkalılar Yahudi düşmanı değildir.

*Onca Yoksulluk Varken*'de Madam Rosa'nın ızdırabını anlatmak için, şahsen tanımadığım bir kadının ızdırabını kullandım.

Bütün bunlardan söz etmek istemiyorum artık, bu yüzden söz ediyorum.

Karşımda Paul Pavlowitch'i görüyorum. Yirmi yaşında. İçindeki çığlığın baskısı altında şiirler yazıyor. Ama geride hep bir çığlık kalıyordu, hep biraz daha, biraz daha. Çığlık dışarı çıkamıyor, şiştikçe şişiyordu. Çürümeye başlıyordu. Çığlık dışarı çıkıp kurtulamayınca suç da içeride kalıyordu. Her tür rekabete meydan okuyan suçlar işlenmecesine devam ediyordu hayat. Çığlık And'larda yaşayan Şah Akbaba oldu, yükselmeyi başardı; ilk kez başım derde girdi, çünkü bir damın üzerine konmuştum ve inmek istemiyordum. Sebze oldum, enginar oldum, ama uzun süre enginar olarak kalmadım, çünkü enginarın yaprakları bir bir yolunur, tadı çıkarıla çıkarıla yenir, besleyicidir; şair olmaktan bir farkı yoktu, tadımı çıkarmaya devam ediyorlardı.

Şimdilerde depresyon tedavisinde lityum kullanılıyor. Çünkü bazı şanslı kişiler depresyonda olduklarını biliyorlar. Benim içinse durum farklı, depresyon benim için her günkü hikâye.

Piton oldum, sonra da bir başka kitap, aidiyeti iyice azaltmak amacıyla. Ama kendi kendimi ele verdim, kendimi yakaladım ve telif hakkı çıktı ortaya. İçimde çatışan iki kişilik vardı: olmadığım kişilikle olmak istemediğim kişilik. Ama suçluluğum bütün gerçekliğiyle kendini kabul ettirmeye devam ediyor, çevrede her günkü hikâyeler aynen sürüp gidiyordu. Kendimi biraz daha azaltabilmek için her gün olmadığım yeni kişilikler uydurmaya koyuldum.

Kopenhag'daki görüşme iki gün sürdü. Temel ihtiyaç maddelerinin yardımıyla işler yolunda gitti. Beni açığa çıkaracakları, yavru kedinin gerçekten öldüğünü öğrenecekleri ve duyularım olduğunu fark edecekleri korkusu içimde bir çığlık gibiydi, Bacon'un buzdan kaleleri içindeki papaları gibi. İnsanlık tarihinde ilk kez dikkate alınmam, benimle görüşülmesi, girişe asılı, kimseye ait olmayan ve boş kollarıyla kuşkulu, görünmez bir insanın varlığına tanıklık eden pardösü, bütün dedelerimiz, atalarımız, ayrıca edinilmiş özelliklerimiz, Pinochet'nin bana karşı takındığı mutlak ilgisizlik ve ona verdiğim büyük zarardan habersiz oluşu, bağırıp çağırmalarımın gülünç değersizliği, Annie'nin elinde kahve fincanlarıyla, korkunçlukları yüzünden dile getirilemeyen tehditlere rağmen dinginlik olabilirmişçesine, aldırmaksızın gidip gelişleri, bütün bunlar Ajar'ın gerçekliğin içinde bir çatlak aramasına neden oluyordu; sığınabilmek, böylece içindeki engizisyondan, su, matkap ve palavra cezalarından, sanatta hep gelecek bir dünyayı haber veren derin, tumturaklı palavradan kurtulabilmek için.

Madam Yvonne Baby'nin *Le Monde*'un koca bir sayfasını kaplayan konuşmasını okuduğumda kendime o kadar az benzettim ki, ona gerçeği söylediğimden emin oldum. Benim ortalıkta görünmeyişim tam bana yakışır bir şeydi. Sonunda, ben de herkes gibi vardım. Öyle korktum ki, hastalığım depreşti; Madam Gallimard beni böyle elimde 'intihar eğilimi bıçağı'yla görünce dehşete kapıldı. Nezaketine burada teşekkür etmek isterim.

Bu noktada geriye dönmek zorundayım. Bunu sizden hiçbir şey saklamamış olmak için, istemeye istemeye yapıyorum. Bu satırları bulunmaları gerektiği yere, bir önceki bölüme yazmaya cesaret edemedim, çünkü henüz kimyasal olarak gerekli kıvamda değildim. Bu nedenle yeni ilacımın bir belirtisi olarak ayrı bir bölüm halinde sunuyorum, ilacın adını vermemi Doktor Christianssen tıp ahlakı adına yasakladı.

İşte şimdi her şeyi anlatacağım, çünkü şu anda kuruntusuz, dingin bir durumdayım. Belki bir okuyan çıkar; ondan hiçbir şeyi esirgemek istemem. Kendimi de esirgemek niyetinde değilim, çünkü bu konuda kendi kendini yetiştirmiş bir kişiyim ben; kendimi kendim öğrendim, Macoute dayının yardımı olmadan; kendimle ilgili bildiklerimi de kendimden esirgeyemem artık.

Soyağacımla ilgili belirttiklerimi annemden öğrenmiştim. O bana hiç yalan söylemezdi; ama çok severdi beni, sevgi yüzünden yalan söylemek ise yayın organımızın en eski gerçeklerinden biridir.

Kendine o kurşunu niçin sıktığını bilmiyorum. Ama kurşun içimde büyümeyi hep sürdürdü.

Tesadüfe bakın ki, Macoute dayımla annemin nüfus kâğıtları kayıp; bunu burada belirtmek zorunda hissettim kendimi. İkisi de nüfus kâğıtlarını Rusya'da, suçun kaynağında bırakmışlar, onları ele geçirmek için harcadığım bütün çabalar boşa çıktı. Bolşevik devrimi, o büyük arıtıcı, bütün pislikleri silip süpürmüş, Bu yüzden onların kardeş olup olmadıklarını, ensest durumu bulunup bulunmadığını hiçbir zaman öğrenemeyeceğim. Hiç kuşkusuz, olay bir iç söylentiden ibaret; ruhsallık ve bilinçaltının dilleri hep zehirli olmuştur. Ne kadar iftira ederseniz edin, hep geride bir şeyler kalır, o geride kalan şey de kuşkusuz benim. Kendimi dayanılmaz ve kardeşçe bir kan bağının ürünü, kanımla bir cinayetten ötekine taşınmış, işkence altında ölmüş, işkence gören ve işkenceci, yıldıran ve yılan, ezilmiş ve ezen gibi hissediyorum, ikiye bölünüyorum, şizofrenik, aynı anda mahvolmuş ve mahveden, Pliyuç ve Pinochet oluyorum, o zaman hastalıklı, insanca, şiddetli 'mesihçe ve reformcu' eğilimlere kapılıyor, psikiyatrlar ve kimyasal deli gömlekleriyle çevrili sanıyorum kendimi. Bütün erkeklerin ve kadınların kardeşim olduğu gibi paranoyak bir izlenimin kurbanı oluyorum, bu da sık sık sapıtmama yol açıyor. Öyle ki, sonunda Alyette'ten anasının babasının kimliğini açıkça belirten bir nüfus kaydını Cahors Belediyesi'nden almasını istedim, çünkü Macoute dayı beni dünyaya getirdiği gibi onu da dünyaya getirmiş olabilirdi pekâlâ. Böylece kendi suçunu babadan oğula devam ettirmiş olurdu. Belki de bunu yapmaktaki amacı, genetik olarak, zamanın başlangıcından bu yana, son derece incelikle hesaplanmış bu yetiştirmeyle, öylesine suçlu, öylesine zayıf ve alıcı bir duyarlılık yaratmaktı ki, ailede bir tane daha edebiyat kıvılcımı, bir de güzel mistik kriz parlasın. Kısacası, elimde hiçbir kanıt yok; tutup da Tanrı'ya, ya da bizi boş yere atalarımızı aramaya zorlamak için hayalî yokluğundan yararlanan herhangi başka bir sorumsuza dava açacak değilim. Bu tür davaların bugüne kadar verdiği tek sonuç, paranoyağın psikiyatr yerine avukata başvurduğu bahanesiyle işten birbiri ardına vazgeçen bir yığın avukatın mantar gibi çoğalması oldu. Ben paranoyaksam, hiç değilse şunu diyebilirim ki, dünya yeterince paranoyak olmayan insanlarla doludur, öyle ki, işkenceden kaçabilenler yalnızca işkencelerdir.

Kliniğin posta kutusuna her sabah alıcısı ve adresi belli olmayan bir mektup atıyordum, alıcı olmadığı ve dolayısıyla bu suçlamalara alışık olduğu halde. Zaten klinikte bu yoksunluk durumundaki tek kişinin ben olmadığımı da hemşirelerden öğrenmiştim. Birinci katta kalan dünyaca tanınmış bir yazar, sanat eserlerinden yola çıkarak Tanrı'yı yaratmaya çalışıyordu. Üç aydır tedavi görüyordu, onunla ara sıra koridorda karşılaştığımda yanında beyaz çoraplı bir haham da oluyordu, ama bu büyük yazar benim onu sanrılı biri gibi gördüğümü düşünmesin diye hahamı görmezden geliyordum. Hahamın adı Şmuleviç'ti; annem sık sık söz ederdi ondan, o da bizim gibi katledilenlerdi ve zamanında bilgeliğiyle ün yapmıştı. 1883'te Berdiçev'deki pogromda kılıçtan geçirilmiş, Doktor Christianssen'in kliniğine ancak bunalımın etkisiyle gelmişti. Sayılmadan harcananlarla ilgili, açıklanması çok kolay ve herkesin bildiği bir gerçek vardır: Geçmiş zorbalıklardan geriye her zaman denetlenemeyen unsurlar kalır ve ortalığı kasıp kavurmayı sürdürür. Dediğim gibi, onunla koridorda karşılaştığımda, nöroleptiklere saygı göstermek adına onu görmezden geliyordum, ama bir keresinde odama girdi ve çocukluğumda büyükannemin sık sık bana ezberden okuduğu eski bir Yidiş şiirinden yararlanıp gülümseyerek konuştu:

"*Spi malyutka,* uyu yavrum. Bir yerlerde çok başka şarkılar var ve her birinden belki mutlu dünyalar doğar."

Ama artık çocuk olmadığımdan mazeretim de yoktu. Ayrıca, çok güzel çığlıkların da olduğunu biliyorum elbette, ama müzelerle kitaplıklarda ıskartaya çıkarılan bu şaheserler de, adsız birine gönderilen mektuplardan başka bir şey değildir. Deli değilim ben, tutup bunları gerçek hayat adına yakacak ya da yırtacak değilim: Bu yüzden hahamın zırvasını ağzına tıkadım:

"Sizin avutmalarınıza ve umut verici kurnazlıklarınıza ihtiyacım yok. Buna karşılık, insanlık, ağaçta büyümeyip yere düşen tek meyvedir. Mümkün olan tek çözüm, düşmüş, başarısız, sakat kişiliğimizi fark etmemeye çalışarak kabullenmektir. Psikiyatrlar da bu kutsal görevi yerine getirmekle, yani bilinç aşırılıklarıyla savaşmakla yükümlüdürler. Benim burada oluşumun nedeni de bu. *Burası,* sayın haham, *bir yerlerin* karikatürüdür. Bunu kabul etmek benim için pek kolay değil. Ama başaracağım."

Sakalıyla oynayarak adsızlık üzerine uzun uzun düşündü.

"Yıldız olarak cisimleşmiş, mutlu ailelerin yaşadığı şiirler yaratılabilir," dedi.

"Gerçekten de saymakla bitmeyecek, birinci sınıf umutlar var," diye karşılık verdim. "Ayrıca bütün elma şekerlerimizin elimizden alınmadığını da kabul ediyorum. Bununla birlikte, sayın haham, ilk çığlıktan bu yana edilen duaları bir toplarsak, Mao gibi biz de sekiz yüz milyon Çinli'nin başarı şansının daha fazla olduğunu kabul etmek zorunda kalırız. Gerçek şu ki, başlangıçta altın yoktu ve taklit de her zaman taklittir."

Bana hüzünle baktıktan sonra yok oldu, çünkü benim yüz elli damla haloperidolumla savaşacak güçte değildi.

Yayıncımdan da telefon geldi; Madam Simone Gallimard yeni kitabımın adının ne olacağını öğrenmek istiyordu. Kitabın adının YALAN-ROMAN olduğunu söylediğimde öyle uzun süre suskun kaldı ki, acaba dinsel inançlarını mı incittim diye meraklandım.

Bu arada taklidin dayanılmaz hale geldiği anlar oluyordu, kendimize mazeret arıyordum. Şöyle düşünüyordum: Goethe'nin Faust'u yazması için gereken süre Faust'a bitmez tükenmez gibi gelmiş, Faust bütün bu süre boyunca biçimsiz, sakat, eksik ve çoğunlukla itilmiş durumda yaşamıştı; belki biz de aynı durumdaydık. Faust konusunda değişik tanıklıklar vardır; bunlardan en önemlisi genç Heine'nin bir mektubudur. Heine Faust'u yarım yüzlü, kolsuz ve tek taşaklıyken ziyaret ettiğini yazar. Goethe'nin eserini tamamlamak için on beş yıldan uzun bir süre çalıştığı genellikle unutulur. Yani belki de söz konusu yazar, etiyle kanıyla var olan ama acelesi olmayan ya da zaman kavramını bilmeyen biridir. Bir yaratıcının büyük çabasını ve ilhamını göz önünde bulundurmak gerekir, bu arada binlerce yıldır sizi taslaktan taslağa ıskartaya çıkarsa da. Zaman zaman karnımda Macoute dayının imzasını kırmızı kalemle taklit ederek oyalanıyordum, o sıralarda onun yazarım olduğu söylentisi ortaya çıkmamıştı. Kalıtsal bağlarımızdan henüz kuşkulanan yoktu.

Daha iyiydim, intihar eğilimlerim yok olup gitmişti, artık 'nihayet gerçeğim' diye bir açıklama mektubu bırakıp kendimi öldürmeyi istemiyordum. Nesnesi olduğum ilgisizliğin ve olmayan oğul sıfatıyla olmayan babayla çatışmamın evrensel yanını daha açıkça görüyordum.

Bazı anlarda da bu yokluk dayanılmaz oluyordu, bunun üzerine yeniden savaşmaya başlıyordum. Bahçedeki büyük ağaca bakıp kendi kendime soruyordum: *Kim* bu? diye, tıpkı çocukluğumdaki gibi. Çok iyi biliyordum ki, bu onların özel dillerinde 'gerilemeli davranış' denen şeydi, ama gerileye gerileye belki de birine rastlayabilir insan. Kliniğin duvarları Beyrut'taki çatışmalar yüzünden ses geçirmez hale getirilmişti, ama ben çevremde taklidin iyi işlemesi için çalışan iki milyar sahte maaşın dolaşımını işitiyordum. Söz sürüleri her gece toplanıyor ve ertesi gün için hile güçlerini kılı kırk yararak inceliyorlardı. Aşırı sakınımlı davranıp soluk almamacasına susmak gerekiyordu, çünkü güç artık içerideydi, onun egemenliği altına girmemek için şairler bile susarak ölmeyi tercih ediyorlardı. Bazen sözlerden biri uydurma anlamıyla baskın yapıp kendine bir yol açıyor, ama nöroleptikler bu gediği ânında tıkıyorlardı. Birinin bana korkağın teki olduğumu, kendini savunmanın tek yolunun silaha sarılmak olduğunu fısıldadığını işitiyordum, ama kurbanlarımı seçecek durumda değildim. Doktor Christianssen bize iki stetoskop vermişti; bazen Alyette yanıma uzanıyor, böyle yan yana tan ağarıncaya kadar konuşuyorduk.

Sonunda Doktor Christianssen'in de alçağın teki olduğu ortaya çıktı. Alçaklık sırası ona gelmişti. Çünkü ne derlerse desinler, Danimarka'da da alçaklar var. Bu da onların demokratik yanı. Danimarkalılar her yıl dönüşümlü olarak kardeşçe alçak rolünü üstlenen kişileri seçiyorlar. Danimarkalılar dünyanın öbür ülkelerinin son derece bilincindeler ve bu ülkelerle dayanışma içindeler, bağlarını koparmak istemiyorlar.

Dediğim gibi, Doktor Christianssen'in sırası gelip alçak olduğu, Ekim 1975'te, benim klinikte daha fazla kalmama izin vermemesiyle ortaya çıktı. Üçüncü kitabımın bitmek üzere olduğunu biliyordu, durumumdan ve Kopenhag'da geçirdiğim süreden yeterince yararlanmış olduğumu söyledi bana. Kendimi toparlamayı başardığıma karar verdi ve iyileştiğimi, normale döndüğümü bildirdi.

Onu yumuşatmak için, Cahors'a döndüğümde ağabeyimle ve geri zekâlı çocuklarla ilgileneceğimi söyledim. Ama o bana yardım etmeyi reddetti.

"Sizin savunma sisteminizi iyi biliyorum, Ajar. Ağabeyim dediğiniz, kendi çocukluğunuz. Öteki, son derece olgun bir yetişkin. Yıllar geçtiği halde hep on iki yaşında olan 'durmuş' çocuk sizsiniz. Elinizden geldiğince gizliyorsunuz onu, hatta iyice saklanabilmek için kocaman bir bıyık bile bıraktınız. Kabul ediyorum ki bu güç, ama verimli bir durum yaratıyor. Öyküler uydurma ihtiyacının gerisinde hep büyümeyi reddeden bir çocuk vardır. Yazmaya devam edin, belki bir edebiyat ödülü kazanırsınız."

Bunları söyleyip kapı dışarı attı beni, çünkü toplumsal bir görevi yerine getiriyordu.

Paris'e gitmekten yaya geçitleri yüzünden korkuyordum. İnsanların direksiyon başındaki alışkanlıkları nedeniyle ezilme ihtimalinin en yüksek olduğu yer yaya geçitleridir. Bunlar dar ve iyice tanımlanmış olduklarından direksiyondaki herif rahat nişan alabilir.

Bir de sizi tuzağa düşürmek için geçmenizi destekleyerek ananızı bellemeye çalışan yeşil ışıklar vardır. Ben her zaman kırmızı ışıkta karşıdan karşıya geçerim.

Bununla birlikte Macoute dayıyı görmek için Paris'e uğradım. Kendisine söyleyecek tek sözüm yoktu. Bu nedenle doğal bir görüşme yapabilirdik. Dayımın üzerinde fil desenli mavi bir sabahlık vardı, kitaplarından biri için reklam olsun diye...

Bana elini uzattı.

"Nasılsın?"

"Deli."

"Bitirdin mi?"

"Evet. Hatta bir başka kitapla ilgili düşüncelerim var."

"Öyle mi?"

Tetikteydim. İncelikle dalga geçiyordu benimle.

"Konusunu merak etmiyor musun?"

"Okumayı tercih ederim."

"Yayınlamak için senin iznini almam gerek."

*"Ne?"*

Alnındaki damarlar içten gelen basıncın etkisiyle şişti.

"Üzerinde baba baskısı kuruyorum, öyle mi? Söyler misin bana, senin üzerinde en ufak bir baskıyı ne zaman kurdum ben?"

"Asla, katiyen. Bu yollu en küçük bir davranışın olmadı. Konu bu değil. Ama bu kitapta senden söz ediyorum."

Güldü.

"Güzel bir konu."

"Her şeyi anlatıyorum."

"Edebiyatta her şey yoktur. Ancak kırıntılar vardır. Bir kitapta *her şeyi* anlatma düşüncesi, bir aceminin düşüncesi olabilir. Ustalık eksikliğidir."

"Annemle nasıl yattığını, bana karşı bu sorumluluğu nasıl hiçbir zaman üstlenmek istemediğini anlatıyorum."

Doktor Christianssen dostça elini omzuma koydu. Alyette yanımdaydı. Gerçekliğin boş zamanlarında yarattığı Annie yoktu. Macoute dayı uzaklardaydı. Her şey her günkü gibiydi. Uzanmış yatıyordum, gözlerim açıktı, ama çığlık atmak geçmiyordu içimden, çünkü düşlemlerden korkmam. Onlar bizim en iyi dostlarımızdır.

Savaş veriyordum. Anlamsızlık adına zozolara karışan barnum asetatları vardı. Saçmalık artsın diye serkilen naritler vardı. Tabarcıklar, değrekleri tüyetmek ve kelimeleri geri püskürtmek için şıpıtıyorlardı. Belirsizliği genişletmek için moruklarla çömleyen ve sakatatı samburan sukemerleri vardı. Kuşkusuz, direnen bazı çiçekler vardı, ama onlar da Saint-John Perse kokuyorlardı. Maytanlar itirafları önlemek için pitlerle aslanıyorlardı. Ama ara sıra Rimbaud kırıntıları engelleri aşmayı başarıyordu ve elle, kalemle birlikte bir kışkırtma ortaya çıkıyordu. Çaresiz, şiiri geri bastırıyordum. Kırmızı abajurların altındaki derinliklerin arayışında akıp giden, boş sözlerle yüklü kalyonlar, yüklerinin ağırlığıyla düz yüzeye çıkıyorlardı yine. Bu arada deyiş, benim doğaüstü çabalarıma karşın biçimleniyor ve söz, aldatacak birini arayarak dolaşıyordu.

Orada, başucumda durmuş, kılını bile kıpırdatmıyordu. Hiçbir tepki göstermiyordu; tam kendine yaraşır biçimde.

Sonra Paris'ten baktı bana.

Mavi gözleriyle baktı, biraz kızarmışlardı; ama çok çalışmaktan, başka bir şeyden değil. Acımanın izi bile yoktu. Mavi renk, pek de hakkı olmadan göklere çıkarılmıştır.

"Canım, aslına bakarsan bütün konular birbirinin aynıdır. Önemli olan konuyu ele alış biçimidir, yetenektir. Suçluluk, göklerdeki Tanrı olmadığı için nefret edilen Baba, iğrenç ve kardeşçe, sevgi olması için olağanüstü bir özelliği olmayan ensest, genetik lanetlenme, soydan frengililerden oluşan bir insanlık... Neden olmasın, bir iyi kitap daha çıkacaksa ortaya? Benden, kendinden istediğin gibi söz et. Radek, 'İyi bir ev kadını her şeyi kullanmayı bilmelidir, çöpleri bile,' derdi Stalin'e. Sana güveniyorum."

İçlerinde yansılarımın pırıldadığı gözlerini dikmiş, bana bakıyordu. Hiçliğin Jansenizmi sanat eserinin kurtarıcı saflığını müjdeliyordu.

"Ne yani, edebiyattan başka hiçbir şeyin değeri, önemi yok mu?"

Doğru değildi, puroyu da severdi o.

"Aslında zamanla, bir yerlerde, eğer yetenekli birinin yarattığı bir eserse, edebiyat mutlaka hayatla buluşur ve hayatı zenginleştirir... Bütün bunları açıklamıştım..."

Gülümsedi.

"...Kitaplarımdan birinde."

"Peki öyleyse, dayıcığım, dört dörtlük bir alçakla bir insanlık velinimeti arasındaki fark nedir?"

"Öyle kişiler vardır ki, yaşarken alçak, eserlerindeyse insanlık velinimeti olmuşlardır... Bana gelince, ben hiçbir konuda 'dört dörtlük' değilim. Sen de öyle. Kimse de değildir. En iyiye hiçbir zaman ulaşılamaz... En kötüye de."

Üstüne üstlük hümanist de, diye düşündüm. Hatta bunu yüksek sesle söylemek zorunda kaldım, çünkü birden dört bir yandan koşuşturup gelen on bin papaz, birbirleriyle yarışırcasına günah çıkarıp, suçumun bana esinlediği manevi, saf acıları ve yaratılmasına sebep olduğu olağanüstü sanat eserlerini göz önünde bulundurarak suçumu bağışladılar.

"Ausclrwitz henüz sanatsal açıdan pek kayda değer bir şeyler yaratmadı," dedim. "Belki de yeniden başlamak gerekecek. Frenginin azalması, giderek önem kazanan dâhi eksikliğini açıklamakta. Yeniden Dostoyevskiler, Goyalar olması için korkuyla döllemek gerekir. Sen kutsal bir canavar değilsin, yalnızca canavarsın. Beni bu aynada böylesine çirkin gördüğün için de senden nefret ediyorum."

"Sizi görmeye gelecek, onunla konuştum," dedi Doktor Christianssen. "Kesin olarak karşı tarafa geçmeye çalışırken kliniğe sığınmakla hata ediyorsunuz, Pavlowitch. Kaçmayı başaramayacaksınız."

Ben Macoute dayının bombaladığı Alman kentlerini düşünüyordum. Mahvolan binlerce sivili. Oysa böyle havaya uçurduğu evlerin içinde kanaryalar, köpekler, kediler vardı: yüzlerce minik kedi. Binlerce masum hayvan yavrusunu öldürmüş olmalıydı.

Nini, diye düşündüm. Nini'nin fikriydi bu. Aykırılıktan sakınmak gerekir, çünkü yaşamaya yardımcı olur.

Dayım ayağa kalktı. Odayı dolduruyordu. Ona dedim ki:

"Sınırsız ve hastalıklı bir hayal gücüm olduğunu biliyorum, ama babam olduğundan da kesinlikle eminim."

"Acaba neden?"

"Çünkü zaman zaman senden inanılmaz derecede nefret ediyorum."

Bana sanki yüzü birden acıyla gerilmiş gibi geldi, ama belki de benim kuruntumdur. Ayrıca Tanrı, nefrete karşı kendini her zaman sayısız küçük babayla korumuştur.

Doktor Christianssen haklı mıydı, bu yeni kaygı krizine yol açan, gerçekten de kendimi herkesin gözleri önünde *Le Monde*'un koca bir sayfasında sergilenmiş görmem miydi, bilmiyorum. Bir aydır okumama izin verilen ilk gazeteydi. İlk satırından son satırına kadar hepsini okudum.

Saldırganlık başgösterdi.

Artık ne radyoya ne de gazetelere izin vardı, ama içeride olanlar oluyordu, başka bir türe de sonsuz bir istek duyuyordum.

Maymunlar çevremde insanlık dışı salkımlar halinde birbirlerini düzüyorlardı; böylesine bir masumluk karşısında hıçkıra hıçkıra ağlıyordum.

Gökyüzünden benzersiz götler geçiyordu; suçsuzlukları karşısında minnetle hıçkırıyordum.

Ara sıra kafalar yağıyordu, bazıları hâlâ rüya görmekteydi.

Tanrı boynuna ip geçirilmiş bir halde OK Corral'a götürülmüş, kendini aklamak için at olmuştu. Atlar Tanrı'ya inanmadıklarından onu gübrelerine karıştırmıyorlardı. Tanrı utançla kişniyordu. Atlar kendilerini savunmak için çifteler atıyorlardı, çünkü mutluluklarının bilincindeydiler.

Ara sıra çevremde dil kışkırtmaları algılıyordum, ama kısırlaştırıcı kelimeler hemen işe el koyuyorlardı. Alfabe, gramer, söz dağarcığı, söz dizini, uygarlık, söz sanatları, doğa yasaları, bastırma, hepsi vardı.

Haloperidolün hiç tadı yok. Hiç fark ettirmeden bir Sovyet bozguncusuna yutturulabilir. Bir ay önce *Le Monde*'un üçüncü sayfasında çıkmıştı.

Haloperidol, gerçekliği yatıştıran ve saldırganlığını azaltan bir halüsinojendir.

Gerçekliğe haloperidol günde üç kez, toplam yüz elli damla verilir.

Sayıklayan bir hastaysanız, haloperidolün üzerinizde hiçbir Parkinson etkisi olmaz; kereste gibi kaskatı kesilmezsiniz. Gerçekliğe iyice uyum gösteriyorsanız, normalseniz, damlaların etkisiyle Parkinson belirtileri gösterirsiniz. Böylece şizofreninin fizyolojik bir nedeni ve kalıtımsal umudu olduğu kanıtlanmıştır.

Doktor Christianssen'in bana güven vermek için söylediği bu sözleri dinledim. Bağırıp çağırdım.

"Sizin o haloperidölünüz gericinin dikâlâsı. Sağcı. *Baskıcı.* Öfkeyi azaltıyor, başkaldırıyı önlüyor, devrimci saldırganlığı engelliyor. Hayal gücüne karşı."

Danua* kuyruğunu oynattı. Koca kafasını dizlerime dayamıştı.

"Doğrudur," diye havladı. "Aralarında bir tek anafranil solcudur. Uyarıcıdır, coşku vericidir, öfkelendiricidir, iticidir. Haloperidol faşo, anafranil goşisttir."

Havlamasını sürdürdü; bir yandan da kuyruğunu sallıyordu, çünkü köpekler umutsuz değildir.

Bir koşu Ortadoğu'ya gidip mucizeler yaratmak için pencereden tüymeyi denedim, ama taksi bulamadım. Kliniğe geri götürdüler beni. Doktor Christianssen çarmıha gerilmekten bıkıp bıkmadığımı sordu ve bunu kendi kendime de pekâlâ becerdiğimi belirtti. Yerimde İsa olsa, 'mesihçe eğilimler' yüzünden ne biçim insülin verirlerdi.

Beni yeniden ele aldıklarında, odamda fazladan bir iskemle bulunduğunu hemen fark ettim. Genellikle tek iskemle olurdu, bir de hiç oturmayan Doktor Christianssen için ikinci bir iskemle. Artık üç iskemle vardı. Önce yüreğim daraldı, zaten yeterince düşmanım vardı. Sonra Macoute dayının alelacele Kopenhag'a geldiğini ve başucumda kaygılı geceler geçirip gittiğini anladım. Yanımda olmayışının tek açıklaması buydu.

Kendisine teşekkür etmek için Paris'e uğradım. Dayımın üzerinde fil desenli mavi bir sabahlık vardı, kitaplarından biri için reklam olsun diye. Amblemiydi bu.

"Bu sanrılı yineleme yöntemini ben daha önce romanlarımdan birinde kullanmıştım," dedi bana.

Mektupları verdim. Her tür edebiyat ödülünden adaylığımı çekiyordum, tıpkı 1974'te, henüz tertemizken yaptığım gibi.

---

*) *Danois* kelimesi hem 'Danimarkalı', hem de köpek türlerinden 'danua' anlamına gelir.

"Onların numaralarına kalmadım. Ayrıca hiç halim yok. Kendimi sergilemek istemiyorum. Ne diyecekleri belli: psikopat."

"Peki. Renaudot ve Goncourt ödülleri açıklanmadan iletirim."

"Kimliğimin saptanmasını istemiyorum. Gerçek fotoğrafım kimsede yok, kimse nerede oturduğumu bilmiyor. Bütün ipuçları gizli. Beni Fransa dışında yaşayan bir gezgin sanıyorlar. Bir yığın sabıkam var, yurda dönemem. Mesele toplum tarafından 'yeniden kabul edilmek' değil, sorun bu değil. Önemli olan, insanın kendisini, kendi yararına yeniden kabul etmesi. Hatta buna varoluşun gerçek zaferi denebilir."

Söylediklerimi onayladı.

"İlginç bir roman çıkabilir bundan. Zamanımıza uygun bir konu."

O sırada anlamadığım şuydu: Hâlâ yaşayan tek sevdiğim adam niçin onunla her karşılaşmamda kendimden böylesine nefret etmeme yol açıyordu? Belki de bunun ailesel, hatta kişisel hiçbir yanı yoktu. Gerçek neden, acının sanatsal bir amaç uğruna kullanılmasını kabul edemeyişimdir. Yalnızca şaheserlerin mutlu bir hayat sürmelerini kabul edemiyorum.

"Madem öyle, niçin yazıyorsun, niçin çağırıyorsun?" diye kimse sormuyor ki.

Kimsesiz soruların hepsi silahlıdır, sorumsuz ruhsal unsurların işgalindedir. Bu sorular geçici olarak, tıkayıcı bir ilaç tedavisiyle susturulabilirler, ama tıpkı patlamamak için kâğıda boşaltılan bir yüksek gerilim hattı gibi kişinin üzerinden geçmelerine de izin verilebilir. Ben bağırsaklarımı genel bir boşaltım ihtiyacıyla sergiliyorum. Küçüklüğümle, sınırsız, çılgınca doğuş ve kurtuluş ihtiyacımla böylesine dev boyutta bir işe girişmemin megalomani olduğunu anlamam için psikiyatrların yardımını beklemem gerekmedi. Ama böylelikle aşırılığa varan ben değil, hiç olmamış durumumdur. Ezilmiş fare çığlıklarımın zevk vermeyecek kadar hastalıklı olduğunu da biliyorum, ama bağırsak denen şey sanat eseri kaygısı gütmeden bükülüyor.

Sanat ihtiyacı duymadan ütopyanın mutlu sonuna varmak istiyorum.

Sanırım Doktor Christianssen'in de düşündüğü gibi, bendeki ölüm korkusu insanüstü bir boyuttaydı. Ölümlü olan hiçbir şey gerçek değildir. Şaheserlere duyduğum nefret bir ölümlünün kıskançlığıydı.

Macoute dayı üzgün görünüyordu.

"Biliyor musun, Caniac'ta senin kim olduğunu ortaya çıkaracaklar. İtiraf etmeliyim ki ben de senin neyi gizlemeye çalıştığını bilmiyorum."

"*Hiç*," dedim. "Hiç. Kabul etmelisin ki, gizlenmesi gereken bir şey varsa, o da budur. Kimseye pislik bulaştırmak istemiyorum. Onun için *hiç*'i kendime saklıyorum. Yoksa gerçekten 'mış gibi' yapıp bunu bir de dinle, ideolojiyle desteklemem gerekir. Görmeyi beceremeyecekleri bu *hiç*'i gizlemeliyim, ne pahasına olursa olsun. Ben toplumsal değilim; kandırmaca yok. Üç bin yıldan bu yana genetik olmayı sürdürüyorum ve öyle kalacağım. Güvensiz de sayılmam. Zamanla olacak. Kalıtımsal dünyanın sonu gelecek."

"*Hiç* konusunda seninle aynı fikirdeyim, ama hiçlikçi bir şaheser asla olmamıştır, olmayacaktır da..."

Kısacası, birbirimizi anlıyorduk. Sanatın yalnızca bir nesne olduğunu kabul etmeye yanaşmıyordu, çünkü kendine inancı vardı.

Lot'a döndüm. Annie beni bekliyordu.

Bir gün kadınlardan söz edeceğim. Ama bunun için içimde biraz daha hiç olmasını, iyice yer açılmasını beklemek gerek. Günün birinde içimde dev bir boşluk yaratmayı başaracak, o zaman onlara istediğim kadar yer verebileceğim. Ama kitapların bir başı, bir de sonu vardır; bir başı ve bir sonu olan bir şeyin içinde kadınlardan söz etmek istemem, onların hakkını böyle teslim edemem.

Caniac-du-Causse'a vardığımda, iyice emin olmak için elimi toprağa değdirdim.

Ekmek de var, ama emin olmak için onu insan kendi yapmalı.

Beni kardeşçe karşılamak için ocakta ateş yanıyordu.

Tavanarasında, her zaman iyi karşılanan ve her gece içerideki çocuğu görmeye gelen bembeyaz grandük vardı.

Geceler dinginmiş gibi görünüyorlardı; Doktor Christianssen onları uyarmış olmalıydı.

Yere düşmüş cevizlerin üzerinde yürüyordum, çünkü tam mevsimiydi ve girişteki büyük ceviz ağacı, başka tasa gütmeden doğanın yasalarına boyun eğiyordu.

İyi uyuyordum; bir keresinde, jandarmalar uğrayıp kimliğimi sorduklarında korkmadım; çünkü suçluyu bulacak olan polis değildir.

Güneş doğduğu zaman dışarı çıkmaktan çekinmiyor, her günkü hikâyelere korkusuzca bakıyordum; başarılı bir tedavi görmüştüm. Zaman zaman kısa süreli dehşet duygularına kapıldığım oluyordu, ama bunların nedensiz olduğunu düşünüyordum. Artık bilinçli olma tehlikesiyle karşı karşıya değildim ve seve seve yaşıyordum.

Annie, iyileşmesi imkânsız olduğundan beni terk eden Alyette'in yerini almıştı.

Ajar'ı unutmuştum. Ona bir daha ihtiyaç duymayacağımı, artık kendim olmanın acısını çekmediğimden bundan böyle bir tek kitap daha yazmayacağımı biliyordum.

Kimse evime gelmiyordu. Telefon eden de olmuyordu artık. Dünyanın hiçbir yerinde acı çekilmiyordu. İyileşmiştim, basbayağı iyileşmiştim.

Evimin önünde, omzumda bir baltayla duruyordum ki yaklaşan gri Renault 6'yı ve direksiyondaki kişiyi gördüm. Söz konusu kişiyi tanıyordum. Annie'nin arkadaşı Bouzerand'dı; bir zamanlar Cahors'da tanışmışlar. Neredeyse sarılıp kucaklayacaktım adamı, o kadar iyileşmiştim.

Yüzü kurşun gibiydi. Belki de otomobilin grisi kenarlara taştığı için öyle görünüyordu.

Arkadaş olarak değil, gazeteci olarak geldiğini söyledi. *Le Point* dergisinde çalışıyordu ve Paris'ten bir fotoğrafçıyla beni enselemeye gelmişti.

"Ajar sensin."

O kadar iyileşmiştim ki, hiç bozuntuya vermedim. Adamı boğmadım bile. Yalan söylemiyorum, ne onu, ne de fotoğrafçıyı öldürmediğimi kanıtlayabilirim. İkisi de yaşıyor, tersini ileri sürerlerse otopsi yapılmasını isterim, çünkü ölü olduklarını ileri sürüyorlarsa, sandıklarından da daha diridirler demektir.

Onları içeriye oturtup karabinamı almaya gittim. Ama aklım başımdaydı, bunun yalnızca bir ünlü davaya daha yol açacağını ve başka bir işe yaramayacağını biliyordum. Ünlü davalarla işbirliği yapmak da istemiyordum, çünkü yüz bin yıldır hep aynı ünlü dava sürüp gidiyor; ünden de bıktık usandık.

Fotoğrafçının adı Rolland'dı ve anlıyordu, çünkü gençti. Bouzerand da anlıyordu, ama yalnızca akıllı olduğu için.

Sonuç olarak epeyce nazik davrandılar, çünkü tehdit altındaydılar. Dünyada herkes tehdit altında yaşar ve başkalarını tehdit eder; geçim derdi.

Fotoğrafçı gözlerimden başka bir şey çekmek istemedi, istediği Momo'nun gözleriydi, otobiyografik kitabımda on iki ya da yüz bin yaşında olan çocuğun gözleri. Bouzerand karşı çıkmadı, ne de olsa tam ölü sayılmazdı. *Le Point'*deki şefleri Imbert'e telefon ettiler, o da karşı çıkmadı, çünkü gönderdiği gazetecileri öldürerek ünlü bir davaya neden olsaydım, kendi haftalık dergisi çıkmadan önce dört gün boyunca gazeteler yararlanacaktı haberden.

O kadar normaldim ki, tehdit altındaki benden Paris'e gitmemi istediğinde kabul ettim. Onlarla özgür irademle yolculuk yaptım, kelepçe vurmamışlardı bana.

Doktor Christianssen'e telefon ettiğimde pek ilgilenmedi, bir yığın başka yazar gibi sırf Tranxene alarak paçamı sıyırabileceğimi söyledi.

"Şimdi önünüzdeki tek tehlike yeni bir kitaptır. Kendinizi toparladınız artık dostum, toparlamaya da devam edeceksiniz. İyi şanslar."

Paris'te şık restoranlarda yemekler yedirdiler bana. Boğazımdan hiçbir şey geçmiyordu, çünkü rahat, tasasız, iyi hissediyordum kendimi, bu da midemi düğümlüyordu.

Sözlerinde durdular. Yalnızca gözlerimi çektiler. Fotoğrafta yüzümün geri kalanı görülmüyor. Gerçek adımı da yazmadılar. Bu beni yıktı, mahvetti. Ünlü olma fırsatını yitiriyordum. İnançlarım konusunda nereye vardığımı bilmiyordum artık.

Dayandım. Akşam yemeği sırasında kafam karıştı, ama onlar hiçbir şeyin farkına varmadılar. Daha önce de söylediğim gibi kafam konusunda çok titizimdir, çünkü benim kafam değildir. Her sabah suratımı gördüğümde korkarım, böylece kente inip yetişkinlerle konuşacak cesareti kendimde bulurum.

Bu arada *La Dépéche du Midi* Cahors Hastanesi'nde bir soruşturma yapmış ve gerçek olduğum ortaya çıkmıştı. Annemin gerçek olduğu da. Ağabeyimin gerçek olduğu da. Ansızın her yanım gerçeklerle çevrildi. Aldatmacanın, yutturmacanın sonu gelmişti. Artık beni yazan Queneau veya Aragon değildi. Artık eskisi gibi ortak bir eser olduğum söylentisi dolaşmıyordu, ama o konuda yanılıyorlardı. Ben ortak bir eserim, birçok kuşak işin bir ucundan tutup yardım etti.

Ardımda bir başka Yazar bulunduğunu sanıyorlardıysa da bu konuda suskun kalmayı tercih ettiler, çünkü okurları arasında Tanrı'ya inananlar da vardı, onların dinsel duygularını incitmek istemiyorlardı. Franco bile dini bütün öldü, kimse de bunu küfür saymadı.

Bence Pinochet doğrudan cennete gidecek.

Son restorandan çıkar çıkmaz son avukatıma gittim. Madem saf gerçekliktim, işi sonuna kadar götürmeliydim. Avukatın masasına imzamı taşıyan, genetik bir deli olduğumu ve bütün tarihçilerin, ayrıca kitaplık ve müze yetkililerinin de bunu onayladığını gösteren, evrendeki bir kusurdan çıkmış kusurlu atalardan doğmuş olduğumu kanıtlayan ve avukatımı halka sergileyerek Ajar muammasına bir son verdiğimi belirten bir belge bıraktım. Hatta imzamı şöyle attım: Émile Ajar, geri zekâlı, kaşarlanmış yalancı, mitoman, uydurukçu, dalavereci, dümenci, dolapçı, numaracı, megaloman, tarihsel olarak kanıtlanmış. Avukat ters ters baktı.

"Ajar, bile isteye bir edebiyat ödülü almaya çalışıyorsunuz."

"Nasıl yani?"

"Kendinizle ilgili bir efsane yaratmaktasınız."

Hassiktir. Oturup düşündüm. Doğruydu; hepsinin birer efsanesi vardı. Villon'un asılanlar yüzünden bir efsanesi vardı. Lorca'nın idam mangası yüzünden bir efsanesi vardı. Malraux'nun savaşlar ve devrimler yüzünden bir efsanesi vardı. Hölderlin'in delilik yüzünden bir efsanesi vardı. Soljenitsin'in toplama kampları dünyası yüzünden bir efsanesi vardı.

Bütün insanların ölüm yüzünden birer efsaneleri vardı. Hatta insanlık artık efsanevi değildi; mitolojikti.

"Sizce birini mi öldürmem gerekiyor?" diye sordum.

"Edebiyat ödülü almak için bu kadar ileriye gitmenize gerek yok."

"Edebiyat ödülü falan istediğim yok benim, adaylığımı çektim. Ama Raskolnikov'u ele alalım: Sırf edebî nedenlerle o kadını baltayla vura vura öldürdü."

"Dostoyevski bir dâhiydi dostum. Sizin gerçek edebî yeteneğiniz yok, kendinizi anlatıyorsunuz, hepsi bu. Sizinki klinik bir belge."

"Peki o zaman bir efsane yaratmak için ne yapmalı?"

"Yeter, Pavlowitch, 1975 yılında İsa'dan söz etmeyeceğiz herhalde, her şeyin bir sınırı var. Ayrıca kimsenin sizi çarmıha gereceği yok, bunu kendi başınıza pek güzel becerdiğinizi biliyor herkes."

"Aynı şey değil ama."

"Kesinlikle hiçbir ödül istemiyor musunuz?"

"Kesinlikle!"

"Çok paradır ama, biliyor musunuz?"

"Ben kutsallığı savunmuyorum. Çevre de umrumda değil."

Avukat dört gözümün arasına baktı. Şu sırada yalnızca iki gözüm var; biri kendimi gizlemek, biri görmek için. Kötü olduğum zamanlarda elli çift gözüm vardır, her yerde her günkü hikâyeyi görürüm, bunalım tepeme biniverir.

"Son derece açık seçik."

"Açık seçik mi? *Ben* mi?"

"Fazla ileri gitmeyin, Pavlowitch. İstediğinizi elde ettiniz. Esrarengiz olsun diye fotoğrafınızda gözlerinizden başka bir şey görünmüyor. Biyografiniz bilinmiyor. Kendinizle ilgili çeşitli söylentiler çıkardınız: Lübnan'da terörist, kürtajcı doktor, orada burada pezevenk; Fransız polisi tarafından aranıyor, Kopenhag'da randevular veriyor. Kusursuz. Bir yazar için muammadan iyi efsane olamaz."

Paris'ten ayrılmadan önce Macoute dayıya telefon ettim. *Le Point*'de yayınlanacak görüşmeden söz ettim.

"Kitaplarını yazmama benim yardımcı olup olmadığımı sormadılar mı?"

"Hayır, niçin sordun?"

"Eninde sonunda sen benim yeğenimsin, ya da ona benzer bir şey."

Ya da ona benzer bir şey!

"Evet, biliyorlar."

"Peki, sana yardım edip etmediğimi sormadılar mı?"

"Hayır."

O güne kadar telefonda bu kadar anlamlı bir sessizlik duymamıştım. Daha sonra öylesine eşsiz bir itirafta bulundu ki, gelecek kuşaklar için onun şaheserlerinden biri olarak burada aktarıyorum.

"Fransa'da değerimin ne kadar azımsandığı oldukça şaşırtıcı," dedi. "Queneau'dan, Aragon'dan kuşkulandılar; ben senin yakının olduğum halde benden kuşkulanmadılar."

"Henrj Michaux'dan da kuşkulanmadılar, oysa o senden çok daha yakın bana, üstelik de en büyükleri."

"Doğru," dedi hoşnutlukla, "ama yine de..."

"Onlara telefon edip senin adını da ötekilere eklemelerini rica edebilirim."

"Sağol, kalsın. Umrumda değil. Günümüzde Fransa'daki büyük yazarların kimler olduğunu kendi başlarına bulamıyorlarsa Fransa'ya yazık! Öylesine söylemiştim..."

Zevkten dört köşeydim. Bu da modası geçmiş bir deyim.

"Dinle, üzülme. Sen bütün bunların üstündesin."

"Elbette. Sinema telif haklarını da almayı unutmadın, değil mi?"

"Unutmadım, senin sayende, babacığım."

"Sana daha önce de söylemiştim, bana baba deme, bokoğlu bok, uydurmaca Freudcu jargondan usandık artık."

"Yine de biraz olsun manevi oğlun sayılırım, değil mi? Etkilerinin izleri..."

"Hastir ordan."

Hoşnuttum. Ona yararım dokunuyordu, gençleşiyordu, telefonda bile eski canlılığına kavuşuyordu.

"Her neyse, telif hakları bende. Asıl para sinemada."

"Parayı fazla düşünüyorsun."

"Ben mi?"

"Evet, sen. Sürekli olarak paraya karşı düşünüyorsan, gerçekten parayı fazla düşünüyorsun demektir."

"Tamam, ben de diyalektikten anlıyorum. Ama olayı bağladım."

"Ne demek bu?"

"Bağışta bulunacağım."

"Kime?"

"Orospulara Yardım ve Destek Komitesi'ne. Onların deyimiyle fahişelere. Hepimizin anası Ulla'ya, Jackie'ye, Sonia'ya, birkaç tanesine daha danışacağım. Hatta bununla kalmayıp Fransa Orospularının Savunulması, Desteklenmesi ve Ünlendirilmesi mücadelesi için bir fon kurup, danışman avukatlar tutacağım, adam başına telif haklarımın yüzde onu düşecek. Gerçekten örnek bir davranış olacak. Günümüzde en az sahte olan, kutsal orospu analarımız ve kız kardeşlerimizdir. Gerçekliğini koruyan tek şey orospuluktur. O yüzden uydurma olan her şey orospuluğa karşı. İstemem yan cebime koy türünden namus. Orospular kıçlarıyla gerçeği söyledikleri için eziliyorlar, oysa gerçek onların kıçına sığındı, el değmemiş olarak yalnızca orada durabiliyor. Orospular öylesine tipik bir örnek ki, seçimlerde adaylıklarını koyma hakkına bile sahip değiller. Bu yüzden parlamentoda orospu yok, anlıyor musun?"

"Alex, kimsenin gözüne batmadan yaşamaktan başka bir şey istemediğini sanıyordum."

"Herkes kimsenin gözüne batmadan yaşıyor."

"...gizlenmiş, aptalca sızlanan bir idealist, senin deyiminle 'elektrik süpürgesi' yerine konmak istemediğini sanıyordum. Eğer paranı orospulara verirsen, senin umutsuz bir idealistten, bir 'elektrik süpürgesi'nden başka bir şey olmadığını anlayacaklar."

"Yeri gelmişken, sana söylemeyi unutmuştum, önümüzdeki pazartesi *Le Point*'de yayınlanacak makalede benim gayri-meşru yazarlarımdan biri olarak senin adını da Aragon ve Queneau'nun yanına eklediler."

"Ne ilgisi var bunun şimdi?"

"İlgisi olmaz mı? Orospulardan söz ediyorduk ya."

Telefonu suratına kapadım. Bütün vaktimi bununla geçiriyorum, ama henüz başarmış değilim.

Paris'ten ayrıldım. Cahors'da, *La Dépéche du Midi*'den görüşmeye gelen herif çok iyi davrandı. Gerçek bir ailem olduğunu keşfetmişti, ama yayınlamadı. Hatta gerçekliğimle ilgili ayrıntıların yayınlanmaması için Paris'e telefon bile etti. Paris'teki herif sordu:

"Peki, bir psikopatla karşı karşıya olduğunuzu fark etmediniz mi?"

Neyse, böylece efsane güçleniyor, biçimleniyordu. İnsanlığa saygı yüzünden beni rahat bırakacaklardı. Cafe de la Poste'a gidip herkesin gözü önünde canlı fareler yemek geldi içimden, ama pitonluk ilk romanımdaydı, kendimi tekrarladığımı söylerlerdi.

Annie, Nini ve ben, Macoute dayının birkaç yıl önce bize verdiği Volkswagen'e bindik. Ben yollarda saygıda kusur etmesinler diye haydut suratımı taktım ve doğaya yolculuğa çıktık. Nini tam olarak hiçbir zaman terk etmez beni, çünkü hâlâ umutludur. Hâlâ beni hiççi bir eser yaratma konusunda esinlendireceğine inanır; hiççiliğin matrak yanı, umutla beslenmesidir.

Yolculuğumuz üç gün sürdü. 18 Kasım Salı günü döndük. Radyoda ilk duyduğum haber, *Onca Yoksulluk Varken*'le Goncourt Ödülü'nü kazandığım ve her yerde arandığımdı.

Gayet sakin karşıladım haberi. Kafam karıştığı zaman hep çok sakin olurum. Çünkü zaten sükûnetimi bozan kafamdır.

Sakin sakin Macoute dayıyı telefonla aradım. Pek mutluydu.

"Tebrikler, Alex. Muammalar işe yaradı, kârlı çıktın. Her şeyi iyi ayarlamışsın. Annen bugünleri görse nasıl mutlu olurdu."

"Şu annemi rahat bırak artık. Kendi annenle sen Goncourt'u kazandın, daha ne istiyorsun?"

"Hiç de değil. O bir önceki kitabımdı..."

"Bana verilecek bir hesabın var. Sana adaylıktan çekildiğimi bildiren mektupları vermiştim, ödüller açıklanmadan önce jürilere teslim edeceğine söz vermiştin. Sözünü tutmadın. Kasten sakladın mektupları. *Kasten* yaptın, edebiyat ödülü kazanmam için, beni doğru yola sokmak için... Doğru yola: senin yoluna."

"Ne mektubu? Neler söylüyorsun sen? Bir gün gelip yalan söylemekten vazgeçecek misin? Yoksa gerçekten zırdeli misin? *Sen bana mektup falan vermedin. Asla!*"

Şakaklarımda soğuk ter damlaları birikti, sırtımdan aşağı buz kalıpları kayıyordu. Biraz gerçeğe dönmek için Annie'ye baktım.

"O mektupları sana verdim, alçak herif! Kasten yaptın!"

Birden her şeyi anlamış havasında sakinleşti. Bir anlayış, bir anlayış!

"Alex, rica ederim. Sen bana mektup falan vermedin. İçtenlikle konuştuğundan eminim, bana verdiğine inanıyorsun, ama... bunu Kopenhag'da düşünmüş olmalısın... detoks döneminde."

Susuyordum. Beni köşeye kıstırmıştı. Savunmasızdım. Yalan söylüyordu, hiç eroin kullanmamıştım. Canevimden vurmuştu beni.

Boğazımı sanki bir top mermisi tıkamıştı, yutkunmak istiyor, beceremiyordüm.

"Kesin olarak söylüyorum, o mektupları bana vermedin, Alex."

Sonunda uluyarak açtım boğazımdaki düğümü.

"Yani benim adıyla sanıyla deli olduğumu, sanrılar gördüğümü ve hayallerimi gerçeklerden ayıramadığımı söylemek istiyorsun, öyle mi?"

"Belki mektupları bir başkasına vermişsindir. Bana vermedin. Verseydin de kabul etmezdim zaten. Senin bir edebiyat ödülünü hak ettiğine inanıyorum ve Goncourt'u kazandığın için seviniyorum."

"Mektupları jürilere iletmedin, çünkü bana bir ders vermek istiyordun. Senle benim aynı bokun soyu olduğumuzu kanıtlamak istiyordun."

O da bağırmaya başladı.

"Benimle böyle konuşamazsın! Seni bir yük gibi sırtımda taşımaktan bıktım, anladın mı?"

"Yani sana çok pahalıya oturduğumu ve maliyetimden kurtulmak için Goncourt'u kazanmama fırsat tanıdığını mı söylemek istiyorsun?"

Sakinleşti.

"Rezil herifin tekisin, Paul."

"Bana Paul deme, lanet olsun! Doğru şeylere dokunma!"

"İğrenç bir herifsin! Deli falan da değilsin. Bunu kitap yazmak için uydurdun. 'Mış gibi' oyunlarındaki arayış sorumluluklarından kaçmak için bir kurnazlıktı."

"Demek öyle. Kopenhag, klinik, bunların hepsi uydurma mı? Sen paranı sokağa mı attın?"

"Kitabını rahat rahat yazasın istedim. Christianssen de önerimi geri çevirmedi."

"Christianssen sağlam raporlar verdi bana!"

"Danimarkalılar her zaman Yahudiler'i saklamış, onlara yardım etmişlerdir. Şunu bilmeni isterim: Sana inanıyorum. Adaylıktan çekildiğini bildiren mektuplar yazdığından ve onları bana verdiğinden eminsin. Ama bilinçaltında Goncourt'u kazanmak istediğin için, bu senin tek isteğin olduğu için..."

Bir insanın sesiyle bağırmaya başladım. Telefonu suratına kapadım, ama daha önce de söylediğim gibi, sözün gelişi. Kapatmak imkânsız. Üstelik ölümden fazlasıyla korkuyorum.

Yayıncıma telefon edip Goncourt Ödülü'nü kabul etmeyeceğimi söyledim. Elyazımla yazılmış bir mektup istedi. İki gün daha geciktirdi bu işleri. Bu sırada Goncourt'la ilgili yazılar, reklamlar ayyuka çıkmıştı. Bir arkadaş telefon etti:

"Aslanım, ödülü kabul etmemen harika. Acayip reklam olacak. Hem Goncourt'u kazandın, hem de kabul etmedin. Tebrikler. Olağanüstüsün, Alex."

Lif siz tekesakalına dönüşmeye çalıştım, ama gerçekten iyileşmiştim. Üstelik hepsi aynı kapıya çıkıyordu. Macoute dayının dediği gibi bilinçaltım edebiyat ödülleriyle doluysa, demek ki zaten tam anlamıyla lifsiz tekesakalıydım.

Evi gazeteciler basmıştı. Geceleri karabinamı elime alıp nişan almadan kalabalığın üzerine ateş açıyordum. Ama kimseyi öldüremem ben, çünkü kimsenin canını alamam.

Ayrıca şunu da itiraf etmeliyim ki bu sayfalarda Pinochet'ye iftira ettim, çünkü kim olursa olsun işkence yapamam. Kendi kendine işkence etme sanatında ustalaşmış hemen herkesin durumu budur.

Savunmasızdım, çıplak gözle görülebilir durumdaydım ve elli çift gözümü kendi içimi artık açık seçik görmemek için kapatamıyordum. Bir çift gözümü kapadığım anda öteki kırk dokuz çift açılıyor ve acımasızca bana bakıyordu.

Var olmamaya çalıştıkça daha çok var oluyordum. Gizlenmeye çalıştıkça iyice reklam oluyordum. Bütün gizli çarpıklıklarım çıplak gözle görülür oluyordu.

Doktorların 'şizoid çatlaklar' dedikleri şeyler kimyasal maddelerle kapanmış, tıkanmıştı; ama böylelikle her günkü hikâyelerin beni kuşatmasını engelliyorlarsa da, bir yandan beni kendi içimde bir köşeye sıkıştırıyorlardı; aleni Ajar = Pavlowitch denklemi dış dünyaya, basının büyüttüğü, günden güne daha görünür kıldığı, acımasızca kırılganlaştırdığı, eşsiz, yoğun, sınırlı bir hedef sunuyordu. Kimliğim bütün dehşetiyle karşımdaydı.

*La Dépeché du Midi* birinci sayfada adımı açıkladığında, derhal Caniac-du-Causse'tan Kamboçya'ya kalkan her uçağın içinde bulmaya başladım kendimi, çünkü orada hiç kimse olma hakkını elde etmek için savaşan Kızıl Kmerler, Pnom Penh'te yaşayan herkesi kırlara dağıtmışlar ve sonra da her birinin adını değiştirip adsız ve onarılmaz kılmışlardı. Ben de oraya gidip kırlara dağıtılmak ve durumumdan kurtulmak istiyordum. Bilinmeyen, babası belli olmayan ve bulunamayacağı konusunda güvence verilmiş biri olmak istiyordum. Kimliklerinden kurtulmuş ve kırlara dağıtılmış Pnom Penh'liler köklerini, atalarını, ruhları ve vicdanlarını yitirmişlerdi; orada oğul, suçlu babasını boşuna arıyordu, mutlu imkânsızlık, iradenin bağımsızlığı söz konusuydu. Kamboçya'da bütün Pavlowitch'lerin adı değişmişti. Ama ben iyi tedavi görmüştüm. Kimya bütün çatlakları tıkamıştı, Kamboçya'ya giden bütün uçaklar bensiz kalkıyordu Caniac-du-Causse'tan.

Görünürlüğüm Merkezî Haberalma'nın sağladığı fotoğraflarla artıyordu. Artık otomobil kullanmaya bile cesaretim yoktu, çünkü biliyordum ki Kader haberdardı ve ilgilenebilirdi.

Neyse ki bir zamanlar bana ufak tefek işler yaptırmış olan yüksek sosyeteden parlak biri, benim iki lafı biraraya getirmekten âciz bir hiç olduğumu ve gerçek yazarımın Macoute dayı olduğunu açıklamıştı. Çok tatlı bir şeydi, her şeye karşın kadınca bir sezgiyle babalığın hayali gibi, doğum belgesinin başı gibi, alkolik ve psikiyatrik kalıtımın sonu gibi bir şeydi. Kuşkusuz şeker hastalığı, verem ve kanser kalıyordu geriye, ama babanın ortaya çıkmasının her zaman bir bedeli vardır. Söylenti yayıldıkça ben var olmamaya doğru yöneliyordum yeniden, kaderin beni gelip bulabileceği kimliğim giderek azalıyordu. Artık basit bir başlıktım. Macoute dayı çırpınıyor, yalanlamalar yayınlıyor, öfkeyle kendisinin bu işte parmağı olmadığına yeminler ediyordu. Benim yazdıklarımdan ve benden utandığını kanıtlamak için her yola başvuruyordu; her türlü babalığı reddediyordu. Ona layık değildim.

Thymergil alıyordum, ama bütün öjorizanlara rağmen intihar edemiyordum, zaten bir anti-faşist olarak kesin çözüm hakkını kendime tanımıyordum. *Le Nouvel Observateur* dergisi benim yarım bir fotoğrafımı yanında bir soru işaretiyle yayınladı: *Ajar?* Kuşkulu da olsa, yarı-varoluş söz konusuydu, herkes için olduğu gibi.

İşte o zaman, gecenin ortasında, tıka basa öjorizanlarla dolu bir haldeyken, dedim ki kendi kendime: Kendimden kaçmak için gülünçlüğe vardırayım işi bari. Kendimi ateşe vereyim. Beyhudeliğin uzaktan gelen gülüşünden başka hınç, umutsuzluk ve bunalım izi taşımayan bir karikatürün içinde esriyinceye kadar soytarılık edeyim.

Sabahı bekleyip Macoute dayıya bir telefon daha açtım.

"Sana bir şey söyleyeyim mi?"

"Evet, evet, evet, yine ne var?"

"Sinirlenme babacığım."

"Paul, 'babacığım'ı yeterince kullandın. Yeni bir şey bul artık. Yeteneğini yenile."

"Yanıldığımı söylemek için arıyorum. Sana edebiyat ödülleri adaylığından çekildiğimi bildiren mektup falan vermemiştim. Buna gerek yoktu..."

"Ben de başından beri bunu sana anlatacağım diye helak oldum."

"...hiç gereği yoktu, çünkü zaten ikinci kitabımı sen yazmıştın. İlkini değil, ikincisini. Bu yüzden de ikincisi daha çok satıldı. Kendi elinle yazdın."

Onu tam anlamıyla afallattığımı seziyordum.

"Nedir bu sapıkça saçmalık? Hem *Canard Enchainé* dergisi sana ne ad takmış, biliyor musun? *Le Maniaque-du-Causse.*"*

"*Onca Yoksulluk Varken*'in yazarı sensin. Bazı gazeteler yazıyor, ayrıca senin elyazınla yazılmış müsvedde de bende."

"Paul, yani Alex... Émile, demek istiyorum. Yeter artık. Ben sana müsvedde falan yazmadım, neyden söz ettiğini anlamıyorum."

"Kopenhag'da."

"Ne olmuş Kopenhag'da?"

"Sevgi gösterisi?"

"Hangi sevgi gösterisi, bokoğlu bok?"

En çok sevdiği deyim budur, 'bokoğlu bok'; vurgulamalardan hoşlanır.

"'Dışlanma' bunalımına girmiştim, hatırlasana. Sen başta olmak üzere, herkesin beni dışladığını düşünüyordum hani?"

"Bütün bunalımlarını hatırlamıyorum, başka düşünülecek şeylerim de var."

"Hatırlamaya çalış, Kopenhag'daydı. Metnin baş kısmını kendi elyazınla yazmayı kabul etmiştin. Siyah bir deftere. Sevgi gösterisi olarak, kabul ettiğini göstermek için? O sıra-

*) Causse manyağı.

da tıkanmıştın, sıkışmıştın, tükenmiştin, biliyordum... Zaten Doktor Christianssen'e de bu yüzden geliyordun. Yazamıyordun artık. Senin için yaptım bunu. Benim yeterince kafamı bozdular. Kitabı senin yazdığını açıklayacağım."

Ona enfarktüs geçirecek kadar süre bile tanımadım. Kapadım telefonu.

Henüz beni ele geçirememişti.

Kendi eliyle yazdığı defteri aramaya koyuldum. Bir türlü bulamıyordum. Oysa bir yerlerde olmalıydı mutlaka.

İşte o zaman, onun için planladığım enfarktüsü az kalsın ben geçiriyordum. *Defteri, elyazmasını o saklamıştı! Benim* eserimi, *benim* ödülümü çalmaya niyetliydi. Sinsice yürütmüştü onu, Soljenitsin'in dediğine göre, *Durgun Don*'un ilk cildini bir Beyaz Rus yazarının cesedinden aşıran Şolohov gibi! Soljenitsin tanığımdı! Ta başından beri, ilk bölümleri kendi elyazısıyla deftere geçirmeyi bana önerdiğinde kafasına koymuştu! Çok iyi hatırlıyordum, öneriyi kendisi yapmıştı! Şeytanca bir düşünceydi, tam Haitili büyücülere ve Macoute dayıya özgü! Goncourt Ödülü'nü, övgüleri, parayı isteyecekti... Bütün parayı!

"Yetişin! İmdat! Adam öldürüyorlar!"

Hemen trene atladım, akşam Paris'teki evindeydim. Evde yoktu. O da trene atlamıştı, Caniac'taki evimdeydi.

Birbirimize telefon etmeye çalıştık, ama sürekli meşgul çalıyordu; ikimiz de birbirimizi arıyorduk.

Sonunda konuşabildik.

Aynı anda aynı şeyleri bağıra çağıra söyledik:

"Alçak herif!"

Sonra:

"Elimden kurtulamazsın! Dava açacağım!"

En sonunda da:

"Beni rezil etmeye çalışıyorsun!"

Bunun üzerine telefonu kapadık. Hemen yeni avukatıma koştum. Babamın elyazmalarımı çaldığını, eserimi kendine mal etmeye çalıştığını, yalanlıyormuş gibi yapıp söylentiyi yaydığını, ona karşı dava açmak istediğimi söyledim.

Hatta daha rahat çalışabilmek için beni öldürtecekti, daha önce o Kazak subayını öldürttüğü gibi.

Avukat işten vazgeçtiğini söyledi. Benim gibi bir mitomanı savunmayı reddediyordu. Benim 'berbat' biri olduğumu söyledi. Hatta iğrenç. Macoute dayı ceset hırsızı olamazdı.

Ona bağıra çağıra bütün büyük romancıların, Tolstoylar'ın birer ceset hırsızı olduğunu söyledim. Hepsi kan emici, hepsi insan acısını sömürücüydü.

Göğsümü yumruklayarak, "Émile Ajar benim!" diye bağırdım. "Biricik, tek Émile Ajar'ım ben! Ben eserlerimin evladı ve onların babasıyım. Kendi oğlum ve kendi babamım ben! Kimseye bir şey borçlu değilim! Kendi yazarımım ben ve bununla gurur duyuyorum! Gerçeğim! Balon değilim! Sahte değilim; acı çeken, daha fazla açı çekip eserime, dünyaya, insanlığa bir şeyler kazandırmak için yazan bir insanım! Eserim söz konusu olduğunda hiçbir duyguya, aileye yer yoktur! Önemli olan tek şey eserimdir!"

Bana bir iğne yaptı.

Doktor Christianssen'e telefon ettim. Ulaşamadım.

Komplo kurmuşlardı.

Bir başka avukata koştum ve dayımın beni öldürüp *Durgun Don*'un ilk cildini cesedimden yürütmek istediğini açıkladım.

"Küçük bir paranoya krizi geçiriyorsunuz, Pavlowitch."

"Bana Pavlowitch demeyin, ben Émile Ajar'ım, gerçek olan, tek, biricik Émile Ajar!"

Bana bir iğne yaptı.

Doktor Christianssen'i ancak ertesi sabah bulabildim. Üç gün önce alevlerin içinden bir bebeği kurtarabilmek için hayatını feda etmişti; hayran olunacak biriydi, ama benim ona ihtiyacım vardı.

"Ne yapmak istiyor, bili..."

"Biliyorum, biliyorum, telefon etti bana."

"Ya! Öyle mi? İtiraf etti demek!"

"Sizin zırdeli olduğunuzu ve derhal tımarhaneye tıkılmanız gerektiğini söyledi."

"Gördünüz mü! Gördünüz mü! Serbestçe hareket edebilmek için beni içeriye attırmak istiyor! Doktor, anlasanıza lütfen, Goncourt Ödülü benim için ne demek, anlasanıza."

"Biliyorum, sizin için çok değerli."

"Benim için bir kutsama demek! Mutluluk demek! Özgürlük demek!"

Telefonun öbür ucunda bir sessizlik oldu. Söylediklerimin tadını çıkarıyordu.

"Émile Ajar, size iyi bir haberim var. Daha önce iyileşmiştiniz, ama şimdi kurtuluşunuz kesinlik kazandı. Son derece normalsiniz. Artık hiçbir kişilik sorununuz yok. Suçluluktan iz yok. Bundan böyle sizin gözünüzde suçlu *başkasıdır*. Suçlular *başkalarıdır*. Sizin suçunuz yok. İstediğiniz yerde dolaşabilirsiniz. İyileşmiş olduğunuzu ilan ediyorum!"

Dehşetten felce uğramış gibiydim, ama aldırmıyordum, çünkü telefonda görülmezdi nasılsa.

"Doktor," dedim, ağırbaşlılıkla, "bu meselede benim önemim yok. Parayı, övgüleri umursamıyorum. Benim tek istediğim, kitabımı bütün dünyanın okuması."

İşte sağlam bir dayanak bulmuştum. Bu meselede benim önemim yok. Önemli olan kitabım. Yazarlara aldıran yok. Önemli olan, eserde sergilenen yetenektir.

Kendimi iyi hissediyordum.

Kendimi temiz hissediyordum.

Kendimi eksiksiz, kusursuz hissediyordum.

Şahsımı Fransa'ya, insanlığa bağışlamıştım. İnsanlık bana acılarını verdi, ben de karşılığında ona bir kitap verdim. Ödeştik.

Lanet olsun, edebiyat hepimizden üstün.

Hiç bu kadar rahat, keyifli olmamıştım. Hatta o kadar iyiydim ki, biraz korktum; artık acı çekmiyordum, Pontius Pilatus yönetiminde bile; belki de ilhamım tükenmişti. Konu kıtlığı, diye düşündüm. Yeniden gazeteleri okumaya koyulacağım, belki hâlâ yaratıcı bir bunalım kaynağı bulunabilir.

"Tam formdasınız, Ajar. Çok iyi, devam edin. Bize bir şeyler daha yazın."

"Dayım olacak namussuzu ne yapayım?"

"Size yemin ederim, elyazısıyla hiçbir şeyi temize çekmedi. Görüşün onunla. Birbirinizi çok iyi anlayacak yaradılıştasınız."

"Ne diyorsunuz? Sahi, ne diyorsunuz siz?"

"Birbirinizi çok iyi anlayacak yaradılıştasınız."

Bunun üzerine telefonu kapadı.

Macoute dayı sabahın beşinde, kapıyı zorlayarak odama girdi; gözlerinde şimşekler çakıyordu.

"Elyazmalarını geri ver."

"Bende değil."

"Ver şu elyazmalarını, yoksa gebertirim seni."

"Dayı, zaten ortalıkta yazar kıtlığı var."

"Öldürürüm seni."

"Evet, böylece asıl yazarın sen olduğun söylentisi devam eder."

"Bunu yalanladım."

"Aşırı derecede."

"Elyazmalarını bana ver, Ludovic."

Ludovic. Ne olursa olsun, kibar bir sözdü. Arkadaşça yaklaşmaya çalışıyordu. Yorgun görünüyordu; o kadar ki, yaşsız biri gibiydi. Epey gerilere gidiyorduk. Olay ilk yazarlarla başlamış olmalıydı.

"Dinle beni, Valentin. Şövalye nişanım var benim. Başkalarının cesetlerinden kitaplarını çalacak değilim..."

Bak sen, o da düşünmüştü demek ki.

"Kendimi yazmadığım kitapların yazarıymış gibi gösterecek değilim. Ben geride kendi eserlerimi bırakıyor ve onlarla gurur duyuyorum."

İtiraflar. Eksiksiz itiraflar. Ceset soyguncusu eserleriyle gurur duyuyordu.

"Bize *Guernica*'nın yeni versiyonunu ne zaman vereceksin?"

Hâlâ geçerli bir konu.

"Elyazmalarını istiyorum, Valentin."

Ben de kibar davranmaya çalıştım.

"Elyazmaları bende değil, Anatole, kutsal bildiğim her şey üzerine yemin ederim sana..."

İşte bunu söylememem gerekirdi, ikimiz de yazardık.

"Yani emin ol, doğru söylüyorum. Belki bir sanrıydı, Fernand."

"Yetişir artık, Musa. Yazmaya bir son verebilmek için Kopenhag'a gittiğimde bana bir uyku tedavisi, bir de detoks uyguladılar. Kırk yıldır yazıyorum. Artık kendim olmaktan çıkmıştım. Edebiyatın yerini tutacak bir uyuşturucu verdiler bana, kopuş aşırı şiddetli olmasın, yoksunluk çekmeyeyim diye. Hayatım boyunca edebiyatla uyuşturdum kendimi, bu yüzden ansızın gerçekle karşı karşıya kalmam tehlikeli olabilirdi."

"Her günkü hikâye," diye mırıldandım, sırf düşüncesi bile soğuk soğuk terletti beni.

"Evet. Christianssen edebiyatın yerini tutacak bir uyuşturucu verdi, sonra yavaş yavaş dozunu azalttı. Krotopromat. Öldüresiye uyuşmuştum. Söz ettiğin şu 'sevgi gösterisi'ni hatırlamıyorum, ama pekâlâ olabilir. Uyuşturucumu elimden almışlardı, belki de gerçekten Christianssen'den gizli ne bulursam aldım ve bu yoksunluk halinde senin metnini elyazımla yazdı... Hatırlayamıyorum."

"Siyah bir deftere yazdın. Kendi yazınla."

"Geri ver bana defteri. Ortadan kaldırayım."

"Bende değil. Olsaydı, inan bana, çoktan kendim yok ederdim. İyileştim ben, dayı. Kendi yazarımım ben ve bununla övünüyorum. Defter bende değil."

"Peki kimde öyleyse?"

Birbirimizin gözünün içine bakıp bir ağızdan haykırdık:

*"Hayır! Hayır! Olamaz!"*

Ertesi sabah birlikte uçağa bindik. Doktor Christianssen kibarca karşıladı bizi.

"Ee, aileden ne haber bakalım?"

Biz susuyorduk. Sonunda benden daha insanca olan dayım sordu:

"Kaç para istiyorsunuz?"

İyi yürekli doktor dev sakalının arasından gülümsedi. 'Dev sakalı' diyorum, çünkü henüz bir deyim olarak kullanılmadı. Özgün. Doktor susuyordu.

Çekingen bir girişimde bulundum:

"Danimarka dünyanın en dürüst, en yürekli ülkesidir. 'Uygarlık' sözcüğünü hak eden tek ülkedir. Danimarka'yı severim. Bir sonraki kitabımda Danimarka'ya övgüler dizeceğim."

"Danimarka sizi zerre kadar iplemez," dedi Doktor Christianssen, inançla.

Macoute dayı duygulardan yanaşmayı denedi:

"Biliyor musunuz, ödülü reddetti. Bu da satışları düşürecek. Üstelik bir daha hiç bu kadar büyük bir ticari başarı elde edemeyecek. Ayrıca vergiler de var, sonra..."

"Sinema telif hakları," dedi Doktor Christianssen.

Ben bağırmaya başladım:

"Ne yani, müstehcen yayınlarla orospuluk Danimarka'da da yok mu?"

Doktor daha da hoşnut görünüyordu.

"Orospulukla müstehcenlik bizde belden aşağıda biter. Kafada ender olarak görülür."

"Peki, kaç para?" diye sordu Macoute dayı.

"Orospulara destek olan bir kuruluşumuz var," dedi Doktor Christianssen. "Bana kalırsa küçük bir bağış zorunludur."

"Ben Paris'te buna özdeş bir kuruluşa bağışta bulunmaya söz vermiştim zaten," dedim.

"Çok iyi, ama Danimarkalı orospulara da bir yardımda bulunmamanız için hiçbir neden göremiyorum," dedi iyi yürekli doktor.

Dayım çek defterini çıkardı. "Döviz denetimi yüzünden pek fazla bir şey veremem," dedi.

"New York üzerinden bir çek yazın," dedi Doktor Christianssen. "Nasılsa zorunlu olarak Birleşmiş Milletler'den geçecek."

Macoute dayı görevini yerine getirdi.

"Ben sana sonra öderim," dedim.

Ters ters baktı.

"Senet imzala."

İmzaladım. Rahatladı.

"Gelelim şu ünlü elyazmalarına," dedi Doktor Christianssen.

Bir çekmeceden siyah bir defter çıkarıp açtı. Dayım öyle rahatladı ki, benzi soldu.

"Bu benim yazım değil," dedi. "Çekimi geri verin."

"Elbette sizin yazınız değil," dedi iyi yürekli Danimarkalı. "Bütün metni kendi yazımla temize çektim. Ne de olsa Émile Ajar'ın gerçek yazarı benim. Psikiyatri sanatım olmasaydı... Değil mi?"

"Eserimi çalacak değilsiniz herhalde?" diye haykırdım.

"Sanmıyorum," dedi. "Ama bu konuda hiçbir güvence veremem. Neden derseniz, Nénesse..."

"Bana Nénesse demeyin. Adım Émile Ajar ve adımla gurur duyuyorum."

"Harika, mükemmel," dedi Doktor Christianssen. "Bunalımdan neredeyse bütünüyle kurtulmuş sayılırsınız, Ajar. Yalnız, bunalımınız olmayınca tek bir satır bile yazamazsınız. Minik kediniz Pinochet var, ama ondan yararlanabileceğiniz kadar yararlandınız. Kendinizi yatışmış, kimliğinizden emin, bunalımsız hissediyorsunuz. Dolayısıyla, artık yaratma ihtiyacı duymama tehlikesiyle karşı karşıyasınız. Ama bu metin elimde oldukça, Demokles'in kılıcı sürekli tepenizde sallandıkça, *Onca Yoksulluk Varken*'in gerçek yazarının dünyaca tanınmış psikiyatr Doktor Christianssen olduğunu kanıtlayan bu elyazmaları bende durdukça, hep biraz bunalımlı olacaksınız, Mimile, böylece yazmaya devam edeceksiniz belki..."

Ben ağlamaya başladım.

"Kendime ağlamıyorum, Doktor, Danimarka'ya ağlıyorum. Bu yaptığınız iğrenç. Psikiyatrların bunalımı desteklemesi değil, yok etmesi gerekir."

"İşte benim de öteki psikiyatrlardan ayrıldığım nokta bu," dedi Doktor Christianssen. "Bunalım olmazsa yaratım da olmaz. Hatta diyebilirim ki insan da olmaz. Bağışlanmaz bir suç olur bu."

"Yaratıcı olmaktansa bunalımsız olmayı tercih ederim," dedim.

"Kusura bakmayın, ama ben sosyalistim," dedi Doktor Christianssen. "Toplumun eserlerle zenginleşmesini isterim, kişi olarak size gelince... Umrumda olmadığınızı söyleyemem, ama sizi *yaratıcı* görmek isterim. Sosyalizm sizi tedirgin etmek, bunalıma sürüklemek, uyandırmak ve topluma en güzel eserlerini kazandırmış, aşağılık bilinçlenme terörüyle sizi verimli kılmak için vardır... Bunalım demek yaratı, ilerleme ve verim demektir, Mimile."

Ayağa kalktı ve Macoute dayının altı gözünün tam ortasına bakarak elini sıktı.

"Üstat, bir gün elyazmalarınızı geri almak isterseniz..."

"Ne yani, bir elyazması *daha* mı var?" diye sordu Macoute dayı. Sesi öyle bunalımlıydı ki, birden çevremizde bir sanat umudu oluştu sanki.

"Ben size yardım etmeye çalışıyorum, Üstat. Sizin için söylenenlerin tersine, sinirleriniz çelikten değil. Ama aşırı denetliyorsunuz kendinizi, bu yüzden de tıkanıyorsunuz. Bırakın kendinizi. Burada itiraflarınızı, kendinizle ilgili her şeyi kaleme alıp doldurduğunuz üç defteri kasamda saklıyorum..."

"Kedi yavrusu!" diye bağırdı Macoute dayı ve deli gibi odanın köşesindeki kasaya atılarak yumruklamaya başladı.

"Kedi yavrusu öldü!" dedi Doktor Christianssen, acımasızca gözlerinin içine bakarak.

"Ben yapmadım, o yaptı!" diye bağırdı Macoute dayı, güzel konuşma kaygısı bile gütmeden, parmağıyla beni göstererek.

"Yalan, Pinochet yaptı!" diye bağırdım ben de, çünkü başka birini bulmadan önce soluklanmam gerekti.

"Benim sıram geldi," dedi, gerektiği gibi gözümün önünde siyah beyaz lekelerle kaplanan ve üç yıldır Caniac'taki en sadık dostum olan danua.

Grand's'a döndüğümde, odama çıkıp Tanrı'yı göndermelerini istedim; otelim kusursuzdu, her tür konfor sağlanıyordu.

"Siz misiniz, değil misiniz, bunu öğrenmezsem yaşamaya dayanamayacağım artık."

"Baba ve Tanrı çağrılarınızla kafa ütülemeyin artık, Pavlowitch. Bu konuyu yeterince kullandınız. Beş bin yıldır kafa ütülüyorlar, ama daha kimse bundan adına yaraşır bir uygarlık çıkarmayı başaramadı."

"Siz misiniz, değil misiniz?"

"Elbette benim. Annemle yattım ve sonuç: ensest, kanbağı, yozluk, delilik, bunların hepsi yalnızca sanat için. Yunan tragedyası bu zahmete değerdi, değil mi? Hadi, hadi, Yaradılış'ın sanatsal bir etkinlik olduğunu öğrenince şaşırdığınızı söylemeyin bana. Dehşetler, olağanüstü çeşitlilik ve zenginlikte acılar, ölüm ve dolayısıyla sürekli bir konu yenilenmesi olmasaydı, edebiyat da ilham kaynağı da olmazdı. Ne yapardık o zaman? Dünyanın yaratılması salt sanatsal amaçlarla ele alınan bir girişimdi. Şaheserlerin inanılmaz bolluğu da başarısını kanıtlıyor."

Hık demiş Macoute dayının burnundan düşmüş.

"Ya gerisi?"

"Önemli olan tek şey şaheserlerdir, Pavlowitch. Dante, Shakespeare, Tolstoy ve Dostoyevski'yi her zaman büyük bir hazla, tekrar tekrar okurum."

"Ya ben, beni hiç okudunuz mu?"

"Elbette. Yenilikleri izlemeye çalışırım. Bütün bunları bir edebiyat, müzik ve resim tutkunu olduğum için yarattım. Öyle olmasaydı, kuşkusuz çok farklı hareket ederdim. Ayrıca gelecek için kaygılanmanıza gerek yok. Ben gözkulak oluyorum. Daha birçok güzel eser çıkacak. Yeteneğiniz var, Ajar, ama kendinizle fazla ilgileniyorsunuz. Başkalarının acısıyla biraz daha çok ilgilenin; bu konuda daha yazılmayı bekleyen nice değerli kitap var. İnsanların boş yere acı çekmemesi gerek, yavrum. Olgun başaklara, biçilmiş buğdaylara ne mutlu! Kendinizden biraz uzaklaşıp başkalarının acılarıyla yetinin; destan yaratın, Pavlowitch, destan. 'Ben' fazlaca içtenci, sınırlıdır, çok çabuk tükenir; oysa insanlık bir konu madenidir, bir yazar için gerçek bir altın madenidir. Çevrenize bir bakın; birkaç Şili, birkaç Gulag, birkaç katliam, birkaç şiddetli işkence daha, bir de bakacaksınız büyük bir yazar olmuşsunuz, Ajar; onlar da bir hiç uğruna ölmemiş olacaklar."

"Gidip Çin'de yaşayacağım."

"Evet, edebî alanda bir gedikleri olduğu doğru."

Biraz İngilizce biliyordu. Danimarkalılar çok çenesi düşük kimselerdir. Viskimi kadehe koydu, şişeyi bıraktı, kâğıdı imzalattı ve gitti. Oda servisine telefon edip gerçekten O olduğundan emin olmak istedim, ama sonra vazgeçtim; her zaman bir başkasıdır.

Bitirmek üzereyim. Danua ağaçların arasında koşup havlıyor, sincaplar var çünkü, Tanrım, Tanrım, çevrede artık Tanrı dışında gerçek tek söz yok, o da bir söz işte. Artık zıptalları palakatlarda arama, Ajar, çünkü alfabe bütün çıkışları kendine saklıyor, göz açtırmıyor. Müzik var, evet, ama o da işbirlikçi; yaşamaya yardım ediyor. Çocukların kahkahası var, ama bilgisizliği yürek parçalıyor. Her yanda aldatmayan işaretler var, çünkü aynen öyle.

Gökyüzünden dörtnala ölümsüz atlılar geçiyor, ama buluttan başka bir şey değil bunlar, mit yok. Ayaklarımın dibinde, artık kof cevizden başka şey vermediğini bile bilmeyen yaşlı ceviz ağacından düşmüş kırık dinler çürüyor. Ağaç işine devam ediyor, çünkü özel olarak bu amaçla yaratılmış. Önceden tasarlanmış, ezilmiş. Damların üzerinde dumanlar kutsal alevi canlı tutuyor, yeter ki ürün versin. Bayağılaştırma öğesi olarak kuşlar, arılar ve çiçekler. Ufukta bir kedi bile yok, çünkü mantık her şeyi sildi süpürdü. Özenle çizilmiş yeni yollar, hep hiçliğin biraz daha uzağına gitmek için. Zevki artırmak için kendini tutan felaketler.

Göz alabildiğine kendini kabullenme. Dünyayı, başkalarının acılarını gözden kaybedinceye dek kendini kabullenme. Ya da ateşte yanma eşliğinde kendini kabullenme, psikiyatri kliniğinde bir odayı boşaltmak için.

"Paul, gözlerin yine başladı!"

"Önemli değil, sevgilim, ateşte yanmaktan. Bilmem yenildiğim için mi, korkaklık, teslim olma, boyun eğme sonucu mu, yani bir 'iyileşme' mi, ama sonunda benzerim, kardeşim olabilmek için kendimi bir karikatür olarak kabullenmeye hazır hissediyorum. Silgiyi bekleyen bir taslak, yepyeni bir yazar. Amiyane tabiriyle birbirimizi sevebiliriz, kimse de bu aşırı yavanlığa şaşırmaz; karikatürlerde aşka hâlâ katlanılır, çünkü abartmaya izin verilir karikatürde."

Edebî utanmadan yoksun, sevecenlikle saçlarımı okşadı.

"Doğru. Hatta mutlu bile olabiliriz, çünkü karikatürler gerçekçi değildir."

"Sanatsal yeteneksizlikle suçlanmadan yayın organımızdan da söz edebiliriz, nasılsa karikatürlerde her şey bağışlanır."

"Güneş en sonunda özgünlük kaygısı gütmeden parlayabilecek..."

Hızla ceplerimi karıştırdım. Neredeyse var olma alışkanlığıyla unutuyordum, oysa cebimde düşündüklerimi ele veren dev bir umut vardı. O sabah, 24 Ocak 1976 günü -belki de nihayet anlayışın başlangıcı sayılabilecek bu tarihsel günü kaydediyorum- ne de olsa yabancı bir dildir diye okuduğum Amerikan gazetesinden kesmiştim. İlk sayfadaydı.

"Dinle bak, Annie. Eğer iyileşmediğimi, ya da hastalığımın geri teptiğini düşünüyorsan kendin de okuyabilirsin: 'Bugüne kadar, bilimciler güneşin niçin parladığını bildiklerini sanıyorlardı. Ama son buluşlar bütün bu bilgileri yeniden tartışma konusu yaptı. Nedeni henüz bilinmemekle birlikte, İngiliz ve Sovyet bilimcilerin raporlarına göre, GÜNEŞ, DEV BİR YÜREK GİBİ ÇARPMAKTA, ATMAKTADIR...'"

Kaygıyla baktı bana, biliyordum, hastalığımın geri teptiğini düşünüyordu. Ama umudu yaralamamak için bir şey söylemeye cesaret edemedi, çünkü en çok sevdikleri av söz konusu olunca, kelimeler acımasız birer avcı kesilirler.

Tam Cahors garında Paris trenine binmeye hazırlanıyordum ki, Doktor Christianssen son kez karşıma çıktı. Danimarka sisleriyle bana doğru geldiğini gördüğümde, ekspres tren perona girmişti bile. Doktorun her zamanki kadar net olmamasının nedeni, âni panik durumlarında, yakalanmamak için en kararlı biçimde numara yapanlarda bile hızlanan kalp atışlarının görüşü biraz bulandırmasıydı. Bir SS müfrezesinin geçmesi için biraz kenara çekilmem gerekti, ama kuşkusuz bir hafıza yanılgısıydı. Aslında engizisyoncumun işkence davaları konusunda yeni emirler aldığını ve benim öbür 'mış gibi' oyuncuları ve kendim için bir tehlike yaratmadan, sahte maaş olarak yeniden tedavüle sokulabileceğimden emin olmaya geldiğini anlıyordum; çünkü psikiyatri jargonunda 'iyileşme' denen şeyin ancak titiz bir boyun eğme, teslim olma ve belirtilerin örnek biçimde gizlenmesi anlamına gelebileceğini bilmesi için ücret alıyordu. Hiçbir nedeni yokken -çünkü ekspres hareket halinde değildi henüz, dolayısıyla da kimseyi ezemezdi- tehdit edici kıpırtısızlığında, kendini tekerleklerin altına atmaya hazırlanan Anna Karenina'nın kaygılı hazırlığı görüldü; ama belki de edebî bir çağrışımdan başka bir şey değildi. Artık kendisine ihtiyacım olmadığı için meydan okuyarak 'doktor'unu atıp anacağım Christianssen, güven vermek için kasıtlı olarak takındığı o sevimli ve rahat tavrıyla önümde durdu. Boğazımı sıktı. Oysa elleri kadife yakalı gri pardösüsünün cebinde, kimseye zararı dokunmamış sarı sakallı, bağasız gözlüklü ve hafifçe çekik gözlü, gülümser görünümünde şeytanca bir yan yoktu; biraz Zola'ya, biraz da Verlaine'e benziyordu, ama onun edebî göndermelerle dolu olduğunu biliyordum ve kendisini tanıdığım günden bu yana ilk kez kelliğini astragan bir kalpak altında gizliyordu.

Cahors Garı'daki âni görünümüne daha doğal bir hava vermek için elimi uzatarak kendisine yaklaştım.

"Size olağanüstü bir haber getirdim, yazar Ajar," dedi. "Pinochet kızağa çekilecek, Pliyuç'u serbest bıraktılar bile. Siz kazandınız, edip Ajar. Pliyuç Paris'e geldi ve matematikçiler tarafından çiçeklerle karşılandı. Bravo."

"Sözümün bu kadar geçtiğini bilmiyordum," dedim alçakgönüllülükle; alçakgönüllü olmak zorundaydım.

"Başkomutan Ajar, zafer sizin. Eserinizle gurur duymalısınız."

"Henüz yayınlanmadığına göre," dedim, bir tuzak kokusu alıyordum.

"Pinochet siyasi polisten kitabın içeriğini öğrenmişti, paniğe kapıldı. Kaçmaya karar verdi. Her yere sızan KGB de güçlü kitabınızın çıkacağını biliyordu ve Kopenhag'da size uygulattırdığı ilaç tedavisine rağmen sizi istediği gibi değiştiremediğinden, alelacele Pliyuç'u serbest bıraktırdı... Muzaffer Ajar!"

"Ben her kılığa girerim," dedim alayla, çünkü alay hep ruhsal sağlığın iyi bir göstergesi olagelmiştir.

Doktor Christianssen'in arkasında, orada olmayan beyaz çoraplı haham Şmuleviç bulunuyordu ve onu görmemem de hiçbir belirti taşımadığımın kesin kanıtıydı.

"Borcum nedir, Doktor?" diye sordum, çünkü telif hakları söz konusuydu.

"Kendinizi savunmayın, inançlı Ajar. Kanıtlar ortada: Pliyuç serbest bırakıldı, Pinochet sallantıda, Arjantin'de cinayetler sona erdi, Lübnan'da kardeşlik havası esiyor, kitabınız dev bir insanlık felaketini ortadan kaldırdı. Yazmaya devam edin, milyonlarca mazlum sizi bekliyor. Kurtarın onları, biraz daha edebiyat yapın, ödüllü Ajar. İyileşmiş olmak yetmez, bütün insanlığı da iyileştirmek gerek... Yazın!"

"Demek oluyor ki hâlâ mesihçe, reformcu ve şizoid eğilimler gösteriyorum, Doktor. Hayatta kabul etmem!"

Soruşturmacım hayranlıkla bana baktı, çünkü muzaffer bir tavırla, İsa geciktiği ve beklemeyi bilmek gerektiği için garda bekleyen 8:47 trenine binmeye kararlı olduğumu biliyordu, başka tren yoktu.

Ama dikkatli, dâhi araştırıcı bir girişimde daha bulundu, çünkü bütün kurnazlıkları bilirdi ve 'normal' denen kişilerin çoğunun iyi numaracıdan başka bir şey olmadıklarının farkındaydı.

"Bravo, aşırı duygulu Ajar! Dağları yerinden oynatan, cezaevlerini açan, dilekleri yerine getiren, gözyaşlarını silen, yaraları temizleyen, cüzamlılara bakan, bok yiyen, göt yalayan, dalkavukluk eden, idam cezalarını veren, topluluğa ateş açan, kentleri yerle bir eden, yığınları kutsayan, dulların ırzına geçen, yetimleri öldüren, zulmü sürdüren, köpeklerin kıçını yalayan, yıkıntıları kaldıran, barışı koruyan, kan kusturan, çölleri yeşerten, dünyayı aydınlatan, İsa'yı çarmıhtan indiren, Jeanne d'Arc'ı yerinden eden, diş gıcırdatan, saçlarını yolan, harakiri yapan, masumları katleden, rehineleri kurşuna dizen, kurbanları boğazlayan, yaralıların işini bitiren yayın organımızın sınırsız gücünü ortaya koydunuz. Ona bir içki ver, diyor babam! İleri, yazar bozuntusu Ajar! Kalemşorluğa devam! Bekleyen milyonlarca mazlumu düşünün, satışları düşünün! Kutsal Kaleminizi alın, kurtarın, özgürlüğe kavuşturun, besleyin, ezilenleri yüceltin, yazın! Biraz daha edebiyat! Daha! Daha! Daha! Yaşasın mürekkep! Bastırın! Aşırın! Yaşasın ilham perisi! Tolstoy ve bütün öbür insanlık kurtarıcılarının gerçekleştirdiği mutluluk, adalet ve kurtuluş eserinin büyüklüğünü önemsemezden gelmeyin, kurtarıcı Ajar! Soylu savaşçı Ajar! Kahraman Ajar! Boksoyu Ajar! Kendinizi küçücük hissetmeyin, insanca büyüklük söz konusuysa küçücüklük olmaz... Dev Ajar!"

"Benim götüm Kral Nabukadnezar değil," diye sakin sakin karşılık verdim; beni avlayamadığını, orantı duygumun olduğunu ona göstermek ve genelde sağlam bir şeye tutunmak, bir umut ışığı yakmak için.

"Alaycılığın arkasına sığınmayın, idealist Ajar!"

Ama büyük engizisyoncu silinmeye başlıyordu, çünkü laf anlamaz hale geldiğimi kavramıştı.

"Artık bana hiç ihtiyacınız olmayacak sanırım, dostum," dedi Doktor Christianssen. Uzaklaşmıştı bile sesi, hüzünlenmedi diyemem, çok severdim onu ve epeyce minnet borcum vardı kendisine.

"Elveda, iyileşmiş Ajar. İyi numara yapın. Doğa yasasıdır."

"Elveda, dost Christianssen. Yine de tehlikeye atılıp iyileşmemin sınırlarını size göstereceğim.. *Burası,* benim için her zaman *bir yerlerin* düşkün bir karikatürü olarak kalacak. Sizin kusursuz, ikna edici bakımınız ve daha çok da, dünyadan çok sevdiğim karım sayesinde, her şeye rağmen koşullarınızı kabul ediyorum, durumumuzu kabul ediyorum. Aşağıda imzası bulunan ben Paul Pavlowitch, işbu belgeyle, Émile Ajar'ın, bir dünya karikatüründe bir hayat karikatürünün bir insan karikatürü, Émile Ajar'ın karikatürü olmayı kabul ediyorum; bu ağır bedele razı olarak kardeşliği seçiyorum. Biliyorum, biliyorum, bana mı söylüyorsunuz! Delilikten, karikatürlükten çıkmaya çalışanlar korkaklıkla, teslimiyetçilikle suçlayacaklar beni; ama elimden bir şey gelmez, size daha önce de açıklamıştım: Kurban seçmeyi beceremiyorum. Bu nedenle de kendimi alaya almayı, ateşe vermeyi kabul ediyorum, artık asla müzelere gidip yaşamak adına, hayat canlansın diye şaheserleri yakmayacağım...

Ertesi sabah, telefona yapışmış, sinema telif haklarının ne durumda olduğunu öğrenmeye çalışırken, dayım altı kat merdiveni tırmanıp kapımı çaldı. Nefes nefeseydi, ama daha çok şaşkınlıktan.

"Anlamıyorum," dedi. "Yine senin işin olmalı bu, öyle değil mi?"

Kabartmalı bir kart uzattı. Kiki ve kız kardeşleri, o akşam Paris'te yapılacak olan Dünya Fahişeleri Meclisi'ne katılmaya çağırıyorlardı kendisini. Ben de bir davetiye almıştım, ama alabilmek için her yola başvurmuş, reddettiğim Goncourt Ödülü'nü araya sokmak zorunda kalmıştım.

"Ne demek bu?"

"Çek açık, dayı, sen resmî, madalyalı, saygın bir anıtsın, orospuların senin manevi desteğine ihtiyaçları var. Gidiyor muyuz?"

"Çıkar bunu aklından. Lanet olsun, Fransız Akademisi üyeliğini bile reddettim ben. Yeterince nişanım var."

"Hadi moruk, birlikte gidelim, hem barışmış oluruz."

Masum bir edayla ekledim:

"İyi reklam olur."

Şüpheyle baktı bana.

"Kimin için?"

"Orospular için canım."

"Ben gitmeyeceğim."

"Pis bir burjuva olduğunu söyleyecek herkes."

"Gideceğim," dedi derhal.

Gittik. Bizi içeri sokmak istemediler. Girişte gerçek bir orospu kalkanı vardı.

"Burası göt orospularının yeri," dediler bize. "Kafa orospuları her yerde barınabilir, ama burada değil."

Bu darbeyi bekliyordum. Onlara Goncourt Ödülü'nü reddedenin ben olduğumu söyledim. İçten olduğumu anlayınca girmemize izin verdiler.

Tribüne varıncaya kadar canımız çıktı: Birleşmiş Milletler temsilcileri oradaydı, kalabalıktı. Ulla yoktu. Kiki başkanlık ediyordu. Ona yaklaştık. Elini sıktık, o da sahte utangaçlığa yer vermeden elimizi sıktı. Ayaklarını yıkamak istediğimi söyledim, ama o abarttığımı ve Papa olmadığımı söyledi.

Macoute dayıyı uzun süredir böylesine mutlu görmemiştim. Sanki sonunda Bacon'a yaraşır buz kalıbından çıkıp sessiz bir çığlıkla ağzı açılmıştı.

Fotoğrafçılara poz verdik. Ayrılmadan önce bizi kapıya geçiren orospuya sordum:

"Sizin için ne yapabiliriz?"

"Yazmaya devam edin," dedi.

Bu benim son kitabım.

*Paris, 27 Ocak 1976*

a

# agorakitaplığı • çağdaş dünya edebiyatı

1975'te Fransa'nın en prestijli edebiyat ödüllerinden Goncourt Ödülü'ne layık görülen "Onca Yoksulluk Varken", bir hayat kadınının oğlu olan Arap bir çocuğun, fahişe çocuklarına bakan Yahudi Madam Rosa'yla birlikte geçen hayatını anlatır. Ve aynı ödülü 1956'da "Cennetin Kökleri" kitabıyla kazanmış olan Romain Gary'nin, daha sonra açıkladığı üzere, "Yalnızca kendim olmaktan bıkmıştım," gerekçesiyle 'Emile Ajar' müstear adıyla yayınlamış olduğu bir romandır.

# agorakitaplığı • çağdaş dünya edebiyatı

"Ayna Korkusu", Tarık Ali'nin 'bir Avrupa romanı'yazma girişimi diye nitelendirdiği ve 1920'lerden bugüne değin solun macerasını bütün yükseliş ve düşüşleriyle harmanlayan bir romandır. Yeni ve birleşik Almanya'da sosyalist inançlarından vazgeçmeyi kabul etmediği için işinden olan eski muhaliflerden Vlady, kendine yabancılaşmış oğlu Karl'a yazdığı mektuplarla, kendi ailesinin komünizmle uzun ve tutkulu ilişkisinin ne anlama geldiğini anlatmaya çalışır. Roman ilerledikçe Vlady, yirminci yüzyılın siyasal altüst oluşları içerisinde Bolşevik Devrimi'nin uyandırdığı umutları ortaya koyar ve komünizme ihanet edenlerin katlanılmaz gerçekliğini gözler önüne sermeye çalışır.

Tarık Ali'nin bütün bu serüvenden çıkardığı düstur ise, "Tarih kötülük yapmaya devam etse bile, pes etmeyin," şeklindedir...

## agorakitaplığı • çağdaş dünya edebiyatı

Nar, ilk çağlardan beri İspanyol yarımadasının en güneyindeki Endülüs bölgesinin simgesidir. Öyle ki Elhamra Sarayı'nı, Generelife Bahçeleri'ni, bir zamanlar Müslüman, Hıristiyan ve Yahudilerin barış içinde yaşadığı Albayzin'i bugün bile hâlâ nar ağaçları gölgeler. Onun için, 2 Ocak 1492'de Kraliçe İsabel'in askerleri Müslüman Gırnata'yı ele geçirip Yeniden Fetih'i tamamlayınca bu kıyımın yasını herhalde en çok nar ağaçları tutmuştur.

"Körfez Savaşı'nın patlak verdiği yıldı. Amerikan, İngiliz ve Fransız uçakları Bağdat'ı bombalarken Batılılar savaşı bir video oyunu gibi seyrediyorlardı... Beni en çok kızdıran şey de bir İngiliz televizyon spikerinin bu olayı haklı göstermek için, Arapların siyasal kültürü yoktur, demesiydi. Ben de buna tepki olarak, İslam kültürünü ve tarihini araştırmaya karar verdim; ilk olarak da bu romanı, on beşinci yüzyıldaki İspanya'da İslam'ın Avrupa dünyasından nasıl silindiğini yazdım..."

## agorakitaplığı • çağdaş dünya edebiyatı

Tarık Ali, Müslümanların Sicilya'dan tasfiyesini anlatmak amacıyla yazdığı bu romanı, Ortaçağ'ın büyük haritacı ve coğrafyacılarından sayılan Muhammed el-İdrisi'nin hayatı etrafında kurgular. Sultan'la yakın dostluğu ile teker teker adayı terk eden ya da Norman hâkimiyetine karşı başkaldırmayı tasarlayan dindaşları arasında kalan İdrisi, geçici teselliyi, varlığını hasrettiği eserinde ve âşık olduğu kadınlarda ararken, Noto ve Catania bölgesinde yaklaşan felaketin huzursuzluğunu yaşayan sıradan insanlarla karşılaştığında da vicdanının ezildiğini hisseder. Tabii bu arada tarih, kaçınılmaz kaderin yollarını döşeyerek hükmünü sürdürecektir.

Tarık Ali'nin konusu Ortaçağ'da Sicilya'da, dönemin büyüklük ve ihtişam bakımından Bağdat ve Kurtuba'ya rakip görülen önemdeki şehri, on ikinci yüzyıl Palermo'sunda geçen bu romanı, "İslam Beşlemesi" üst başlığıyla kaleme aldığı ve daha önce Türkçe'de de yayımlanmış "Nar Ağacının Gölgesi", "Selahaddin'in Kitabı" ve "Taş Kadın" başlıklı seri romanların dördüncüsüdür...